ちすぎたタマ
UGITA TAMA
AKI YOSHIGAE
~うちの飼い猫が世界最強になりました!?~
!?
ドラゴンのブレスも猫パンチで一蹴!!

タマ
ある日突然、巨大化して
「すごーいパワー」に目覚めた
哲也の飼い猫。恩返しのために
ダンジョンへ向かう。
Live
押入《おしいれ》ねる
「旋律のネル」の名前で
活動している有名配信者＆
Bランクのダンジョン探索者。
木天
飼い猫だけ
タマのこと
その活躍に
育
SODACHIS
PRESENTED BY TA
一躍大

育ちすぎたタマ
可換環
ILLUST.
LINO
SODACHISUGITA TAMA
PRESENTED BY
TAMAKI YOSHIGAE
~うちの飼い猫が世界最強になりました!?~

口絵・本文イラスト
LINO

装丁
おおの蛍（ムシカゴグラフィクス）

CONTENTS

SODACHISUGITA TAMA
PRESENTED BY TAMAKI YOSHIGAE

プロローグ　飼い猫が巨大になった

俺の名前は木天蓼《またたび》　哲也《てつや》。

三十六歳、独身、彼女いない歴＝年齢の典型的ダメリーマンだ。

俺の人生は、大学卒業以降ずっと散々なものだった。

大学はなんとかギリギリ二流くらいの可も不可もないところに進学できたものの、俺の卒業時期はリーマンショックの余波が残ってた頃。

大企業はおろか、地元の中小企業からも一つも内定を得られず、就職先がないまま社会に放り出された俺は、しばらくフリーター生活を余儀なくされた。

二十九歳の時、流石《さすが》に「このままじゃダメだ」と一念発起して何とか正社員の内定を得たものの、入れた会社は絵に描いたような漆黒のブラック企業。

年間休日は百日以下、固定残業代付きにもかかわらず月給は額面で20万円以下、上司からは「土日に有休を消化しろ」なんて言われる労働基準法ガン無視のパワハラパラダイスだ。

そんな会社でも、俺は「職歴ボロボロの俺なんかを拾ってくれた神様だから」と必死でしがみつき、ここまで働き続けてきた。

親が三～四年前に立て続けに他界し、妻も彼女もいない俺は、現在実家で1人暮らしをしている。

家賃がかからない分助かるとはいえ、1人で暮らすには広すぎる家に住み、帰って「ただいま」と言っても何の返事もないのは寂しいものだ。

だが……こんな俺にも唯一、心の支えにしている存在がいる。

それが、飼い猫のタマだ。

タマは俺が生まれる前から両親が飼っていた猫で、もはやギネス記録を軽く超えるレベルで長生きしているのだが、今も俺が帰宅すれば元気いっぱいの姿を見せてくれる。

もしタマが死んでしまえば俺も間違いなく後追いで三途《さんず》の川を渡るってくらいにはメンタルがやられてしまっているので、是非とももっともっと限界を超えて長生きしてほしいものだ。

今日も俺が朝食を食べ終えて皿洗いをしていると、タマがぴょこんとキッチンのカウンターの上に乗ってきて、俺の隣で器用にメラミンスポンジを掴《つか》んではシンクの縁をゴシゴシし始める。

「ハハハ……タマはいつも賢いな。ありがとう、手伝ってくれて」

俺はキッチンペーパーで濡《ぬ》れた手を拭《ふ》くと、そう声をかけながらタマの頭を軽く撫《な》でた。

「にゃあ〜」

褒め言葉を聞いて、満足そうに鳴き声を上げるタマ。

タマは人の真似《まね》をするのが好きな猫だ。

俺が靴紐《くつひも》を結んでたら隣でネズミのおもちゃの尻尾《しっぽ》を自分の足に巻き付けてみせたり、干してる布団を叩《たた》いてたら真横で布団に猫パンチをしたりと、何かにつけてタマは俺の動きを真似してきた。

俺の動きだけでなく、学生の頃は家に遊びに来た友達の行動を真似してたこともあったか。

思えば、あの頃俺が「な？　うちのタマは賢いだろ？」とか褒めてたのをキッカケに、タマが人の真似をする頻度が激増したような気がする。

願わくばずっと、こうしてタマの挙動を観察していたいところだが……残念ながら、もう出社時刻が迫っている。

さあて、今日も元気なく満員電車に揺られて東京を縦断するとしますか。

玄関に移動し、靴を履いていると……後ろからついてきたタマが俺の目の前に回り込んできて、靴紐を結んでいる途中の俺の足を自分の両前足でフミフミしてきた。

「にゃあ、ごろにゃ～ん」

まるで「行かないで」とばかりに、寂しそうな鳴き声を上げるタマ。

気持ちは痛いほど分かるし、俺だってタマを1人家に置いていくのは心苦しくあるのだが、こうしないとキャットフード代を手に入れることができないのだ。

許してくれ。

「ごめんな。夜には戻ってくるから。お留守番、よろしく頼むよ」

「にゃ……」

スーツのズボンに爪を立てて引き留めようとするタマを頭から尻尾にかけて数回優しく撫でると、タマは軽く鳴いて足から離れた。

ああ、願わくば我が社にもテレワークが導入され、タマの側《そば》で仕事ができたら……とこの瞬間は毎度思うものだが、幹部連中が「ウチでは労働基準法を採用していない」と公言する体たらくでは、従業員の幸福が尊重される日など夢のまた夢だろう。

まだ宝くじが当たる方が確率は高いかもしれないな、などと思いつつ、俺は玄関のドアを閉めた。

◇◇◇

それから約十六時間が過ぎ……終電間際までの怒涛《どとう》のサービス残業を終えた俺は、帰りの満員電車に耐えきり、ようやく家の前まで戻ってきた。

間もなく、俺の一日の中で唯一幸福を感じられるタイミングがやって来る。

家のドアを開けたら、タマがてけてけと廊下を走ってきて、ジャンプして俺の胸元に飛びついてきてくれることだろう。

そう思い、俺はドアを開けた――の、だが。

「え……？」

その瞬間――俺はあり得ない光景を目にし、口をあんぐりと開けたまま動けなくなってしまった。

「えっと……。ゆ、夢か……？」

俺が目にしたのは……俺の身長を超えるほどにまで巨大化したタマの姿だった。

あり得ない。たった一日で、猫がこんなサイズにまで成長するはずがない。

というかそもそもこんなドでかい猫が存在するわけがない。

俺は今、電車内で寝落ちしてしまって夢を見ているのだと確信した。

すかさず思いっきり頬をつねってみる。

「……イダッ！」

しかし、夢なら何も感じるはずがないのに、俺の頬には鮮烈な痛みが走った。

どうやらこれは現実のようだ。

……ますますどういうこと？

困惑しているうちにも、畳みかけるように不思議な現象は続いた。

「にゃ（テツヤ、お帰りだにゃ。今日もよく頑張ったにゃ）」

タマの鳴き声と同時に、脳内に直接そんな声が響いたのだ。

初めての現象だったが、なぜか俺はそれがタマの台詞《せりふ》だと確信できた。

おいおいおい、デカくなっただけじゃなく、テレパシーまで習得したってか？

最初から理解は追いついてないけど、流石にもう本格的に訳が分からなくなってきたぞ。

「タマ……いったいどうしちゃったんだ？」

とりあえず開けっぱなしになっていた玄関を閉めつつ、俺はタマにそう尋ねた。

「にゃ〜、にゃにゃ（タマはついにすごーいパワーを手に入れたにゃ。これで、今まで大事にしてくれたテツヤを幸せにしてあげられるにゃ）」

返事は抽象的すぎて、結局何一つ理解できなかった。

なんだ、「すごーいパワー」って。

てかタマは今までずっと癒やしの存在だったし、もう既に十二分に俺を幸せにしてくれてるんだけどな……。

などと思っていると、タマはこう続けた。

「にゃ〜にゃ……（タマ、ずっとテツヤの体調が心配だったにゃ。もし過労死でもしてしまったらと思うと不安でしょうがなくて……だから朝、行かないでほしかったのにゃ。テツヤは毎日外で頑張ってくれてるのに、自分は何もできず……ずっと無力を嘆いていたにゃ）」

……そんな思いをさせてしまっていたのか。

いつも聞き分けの良いタマが、なぜか出社時だけ邪魔してくるなと思っていたが、寂しさではなく心配からその行動に出ていたとは。

なんか逆に、こっちこそ元気のない姿を見せてしまって申し訳ない。

「にゃ（でも、それも今日でおしまいにゃ）」

などと思っていると、タマは右前足を上げてガッツポーズのような動きをしつつ、力強くそう言った。

まるで俺のブラック社畜生活に終止符を打てるとでも言わんばかりに。

いやしかし……疑問は残る。

というか、疑問だらけだ。

まずそもそも、結局タマの言う「すごーいパワー」とはいったい何なのか。

そして猫が巨大化やテレパシーを始めとする超常的な力を身に付けたとして、それでどう俺の経済的状況を改善しようというのだろうか。

「気持ちは嬉《うれ》しいけど……その力って、どこでどう使うんだ？　というかそもそもどんな力なんだ？」

とりあえず、俺はタマが想定する力の使い方を聞いてみることにした。

あと「すごーいパワー」そのものの詳細も。

「にゃ（どんな力かといえば……まあその、あらゆる力にゃ）」

まず「すごーいパワー」の詳細について言えば……情報は皆無に等しかった。

あらゆる力ってなんだ。より抽象的になっちゃったぞ。

「にゃ、ごろにゃ～ん（まあ、説明するより見た方が早いにゃ。どこでもいいから、明日タマをダンジョンに連れていくにゃ。テツヤにタマのすごーいパワーを披露したいにゃ）」

心の中でツッコミを入れていると、続けてタマは力の使途をそう説明する。

「ダ……ダンジョン……？」

聞き慣れない単語に、思わず俺はそう聞き返してしまった。

ダンジョンってあの……ゲームとかでよくある、モンスターがうじゃうじゃいる地下迷宮的なアレのことか？

確か、現実にも実はそういう場所があるってのは何かで見聞きした覚えがあるのだが、正直自分の人生と無縁すぎて全然詳しく知らないんだよな。

「んーちょっと待ってくれよ……？」

俺はそう言って、スマホを取り出し「ダンジョン　現実」で検索をかけてみた。

すると……ダンジョンについて解説しているサイトがずらりとヒットした。

関連ワードに「埼玉県内　ダンジョン　危険度」みたいな検索候補も出ているので、本当に現実にそういうのが存在するのは間違いなさそうだ。

「どれどれ……」

ひとまず、俺は一番上位に表示されていたウェブページから見てみることにした。

するとそこには、この世のダンジョンに関する基本的な情報が簡潔にまとめられていた。

曰《いわ》く、ダンジョンは俺の想像通り不思議な力を持つモンスターが多数発生するスポットのことで、そのモンスターを倒すと「ドロップ品」なるものが出現するとのこと。

「ドロップ品」の中身はエナジーストーンというエネルギーを秘めた石の場合が多く、他にはミスリルなどの特殊な金属が手に入ったり、特殊な薬草が手に入ったりすることもあるのだそうだ。

特にエナジーストーンのエネルギーは特殊な装置で電気に変えることができるらしく、最近では化石燃料の代わりとなるエネルギー源として注目度が急上昇しているのだとか。

ドロップ品は換金可能で、その価値はモンスターの強敵度合いに比例するとのことで、凄《すご》く強いモンスターを倒せば一攫千金《いっかくせんきん》も夢ではないのだそうだ。

ただ――。

「常に死と隣り合わせの危険な場所、か……」

そのサイトでは、最後に赤文字で「ダンジョンでは毎年高い収入を求めて何百人もの死者が出ています。決して安易な気持ちで挑むことのないように」と注意書きがされていた。

マジか。そんな場所に、タマは行きたいというのか……。

「悪い、それはダメだ。タマをそんな危険な目に遭わせられない」

全容を把握した俺は、即答でお願いを断った。

確かに、夢はあるのかもしれない。

もしかしたら本当に、俺が社畜生活から抜け出す手がかりがここに眠っているのかもしれない。

しかしだとしても、「常に死と隣り合わせ」などと言われているような場所に、最愛のペットを連れていけるはずがない。

いくら「すごーいパワーを手に入れた」との自己申告があるとはいってもだ。

これは飼い主として倫理的に当たり前の判断だ。

が——それを聞いて、タマは首をかしげながらこう言った。

「にゃあ？（怖気づいているのかにゃ？　テツヤに絶対危害が及ばないよう立ち回るから、そこは安心していいにゃ）」

どういうわけか、タマは俺の言葉を、俺が日和《ひよ》っていると受け取ったようだった。

別に俺はタマを心配する体《テイ》でダンジョン行きを嫌がっているのではなく、本当に本心からタマの身を案じて言っているのだが……。

「いや、そうじゃなくて。俺は本当にただタマに安心安全に過ごしてほしいだけなんだ。それが飼い主としての俺の責務だからな」

再度、俺はそう言ってダンジョン行きを断った。

すると――タマの猛抗議が始まった。

「にゃにゃにゃ！　にゃにゃ！（どうしてそんなことを言うにゃ⁉　せっかくきゅうきょくパワーを手に入れたのに、恩返しもさせてもらえないなんて虚しいにゃ！）」

「え、いやそういうつもりじゃ……」

「にゃーん！（テツヤが連れてってくれないなら自力で行くにゃ。今のタマの移動速度はテツヤには止められないにゃ）」

普段は絶対見せないあまりの剣幕に、俺は完全に狼狽《うろた》えてしまった。

うーん、自力で行く、か。

それも俺の制止を振り切るつもりで……。

確かに、本当にタマがその気なら俺には止めることすらできないだろう。

そもそもブラック労働で疲れ果ててロクに運動もしていないアラフォーの俺では、今や全速力で走ったところで普通の猫にすら追いつける気がしない。

「すごーいパワー」を持った今の巨大タマが相手では尚の事だろう。

「あー、ごめん分かった分かった。じゃあ行こう」

こうなると、俺は折れざるを得なかった。

タマだけを行かせるよりは、俺も同行した方がまだマシだろうからな。

俺がいても戦闘では全く役に立たないどころか、何なら俺が敵の攻撃を被弾しないために余計な立ち回りをする必要すら出てしまう恐れもあるが、それでも危ない局面を判断して「そろそろ引き返そう」とか指示できるメリットが上回るだろうし。

明日は日曜日なので、スケジュール的にも問題ない。

「にゃ～（それでこそテツヤにゃ。疲れたまま明日にならないように、今日はもうぐっすり寝るにゃ）」

俺がダンジョン行きに賛同すると、タマは急にいつもの優しい雰囲気に戻った。

軽くシャワーを浴びて歯を磨くと、俺は布団に直行し、タマと一緒に床につく。

いつもは俺がタマを抱えるようにして寝ているのだが、こうもサイズがでっかくなっては立場逆転だ。

俺はタマのフワッフワでもふもふなお腹《なか》に抱えられる形で寝る体勢となった。

タマの体温がちょうど暖かくて心地よい。

……暖かくて心地よい？

いや待て。今、夏真っ盛りだぞ。

なぜこの体温が側《そば》にいて暑苦しく感じない？

そういえば、なんか部屋の空気が秋の終わりくらいひんやりしている気がするな。

冷房のかけすぎか……いや、リモコンを見ても設定温度は二十八度だ。

もしや……これも「すごーいパワー」の一環で、俺の寝心地を最適化するために何かしらの不思議な力を働かせているのだろうか。

などという考察も長くは続けられず……俺は急激に強烈な眠気に襲われた。

そしてそのまま、視界が暗転した。

第一章　快進撃！　タマは本当に異次元の強さだった

翌朝。

タマの巨大化が夢ではなかったことに改めて驚きつつ朝食を済ませた俺は、約束通りタマとダンジョンに向かうことにした。

軽くスマホで調べたところ、家から最寄りのダンジョンは越谷市《こしがや》にあるとのことだったので、行き先はそこにすることに。

こんなドでかい猫と一緒に使える公共交通機関なんてないので、ダンジョンまでは俺が自転車、タマが走りとかで行くしかないだろうし、その意味でも行けるダンジョンは最寄りの越谷一択だろう。

それでも自転車で一時間以上かかるので、アラフォーのおっさんにはキツいところだが……タマの謎パワーを伴う添い寝のおかげか今日はすこぶる体の調子が良いので、まあギリギリ何とかなる気がする。

などと考えつつ、玄関から出た俺は、物置から十数年ぶりに使う自転車を引っ張り出そうとしていた。

が、そんな時……タマから声がかかった。

「にゃ？（何してるにゃ？）」

「何って、移動のために自転車を出してるんだが」

「にゃー（そんな必要はないにゃ。行き先は決まったんだし、タマが連れてくにゃ）」

え……どういう意味？

意図が分からず困惑していると、タマは尻尾《しっぽ》で自分の背中をポンポンと指した。

「にゃ（タマに乗るにゃ）」

どうやらタマは、俺を背中に乗せてダンジョンまで行くつもりのようだ。

「……分かった」

俺は素直に指示に従うことにした。

馬じゃあるまいし、飼い猫の背中に乗せてもらって移動するのに抵抗感がないと言えば嘘になるが……今またそんなことを言い出したら俺だけ家に置き去りにされかねない。

「にゃにゃ、にゃ～！（出発、進行にゃ～！）」

タマは俺が安定する位置に座ったのを確認すると、元気よく出発の合図をかけた。

果たしてどれくらいのスピードが出るのだろうか。

もし仮に時速六十キロくらい出るんだとしたら……この場合、車道を走って良いものなのだろうか？

歩道でその速度は以《もっ》ての外《ほか》だが、かといってスピードが出るからと車両でもないものが車道を使うのも法律的にいかがなものか。

などと考えていたのも束の間……次の瞬間、俺の視界には目を疑う景色が飛び込んできた。

あれ……なんか地面が遥《はる》か下に見えている気がするような……？

ゴシゴシと目をこすってからもう一度見てみるが、間違いなく俺たちは上空にいた。

というか……タマはまるでパルクールでもするかのように、音も立てず高速でビルやマンションの屋上を跳び移りまくっている。

「は、速《はえ》え……」

俺は絶句するしかなかった。

いやさ、確かに猫ってまるで重力って概念がないかの如く縦横無尽に駆け回るし、ジャンプ力も並外れているって言うけどさ。

いくら巨大化したからって、流石《さすが》にこれはスケールが違いすぎないか……!?

このスピード、もはや旅客機と遜色《そんしょく》ないだろ。

これじゃ十分もかからずダンジョンに着くんじゃなかろうか。

てか……移動だけでこんな芸当を披露できるとなれば、本当にガチでとんでもない強さを秘めててもおかしくないな。

などと目まぐるしく思考が回っているうちに、気づいたらダンジョンはもうすぐ側まで来ていて、俺たちは入り口から十メートルほど離れた場所に着陸した。

一瞬の出来事だったため気づいていない者も多いが、たまたま上空を見ていた数人がこちらを驚いた表情でガン見している。

「にゃ！（それじゃ入るにゃ）」

タマに先導されるがままに、俺はダンジョンの入り口を通った。

そして、タマによる「すごーいパワーの披露」が始まることとなった。

◇◇◇

ダンジョンに入ってしばらく歩いていると……早速1体目のモンスターが出現した。

今までダンジョンなんかとは無縁の生活だったので、名前は分からないが……なんか猿みたいな見た目のモンスターだ。

体格はチンパンジーとあまり変わらないくらいで、フィジカルならタマの方が余裕で上に見えるが、果たしてどんな戦いになるのか。

期待と不安混じりな気持ちで、俺は行く末を見守る態勢に入った。

すると、次の瞬間——。

「消えた……？」

俺の目の前から、タマの姿が消えてなくなった。

唖然としたのは俺だけではないらしく、猿型モンスターもぽかんとしたような表情をしている。

かと思うと——ちょうど猿のいるあたりにタマが出現し、その直後、強烈な猫パンチにより猿はぺしゃんこになってしまった。

十数メートルは離れてるはずの自分さえ思わず転《こ》けそうになるほどの地響きが起こり、猿のいたあたりの地面には無数の亀裂が走る。

「……やーばー……」

想像の遥か斜め上を行く圧倒的高威力に、俺は開いた口が塞《ふさ》がらなくなってしまった。

「にゃー？（ほらにゃ？　タマのあっとうてきパワーの前には、何も心配することなんてなかったにゃ）」

うん、そうだな。流石にこれを見せつけられてしまっては「すごーいパワーを疑ってしまって申し訳ない」以外の言葉が出てこない。

「にゃ（まあ、こんな雑魚《ざこ》相手じゃ自慢にもならないがにゃ。本領発揮はまだまだ先にゃ）」

「まじか、これで手加減してるってのか……」

ぺしゃんこになった猿の方はといえば……徐々に透明になって消えていき、代わりに猿がいた場所にカプセルが一つ出現した。

これで討伐完了、あれがドロップ品ってことだよな。

いったい何なんだろう？

「タマ、あのカプセルに入った物が何か分かるか？」

「……にゃ（ごく普通のエナジーストーンにゃ。エネルギー量はだいたい十ｋＷｈくらいにゃ）」

聞くと、タマはヒゲをヒクヒクさせた後、そう答えた。

開けてもいないのに、中身の種別だけでなくその詳細まで分かるのか……。

ヒゲをヒクヒクさせてたのは……それで解析したってことか？

確かに猫のヒゲは重要な感覚器官ではあるのだが、流石に性能が強化されすぎだろ……。

「凄《すご》いなータマ、こんなに天才になっちゃって」

俺はカプセルを持つタマに近づき……頭をわしゃわしゃと撫《な》でながらそう言った。

あまりの能力に見た瞬間は驚愕《きようがく》が勝ってしまうが、それでもやはりだんだん、これもタマの愛情ゆえの行動であるということへの嬉《うれ》しさと感慨深さが勝ってくるのである。

十ｋＷｈで果たしてどれくらいの値がつくのかは不明だが、せっかくタマが頑張ってくれた戦果なのだから、帰ったらちゃんと換金手続きについて調べないとな。

などと考えつつ、俺はドロップ品のカプセルを拾い上げた。

そして、タマに先導されつつ探索を再開した。

それからしばらくは、遭遇する魔物が最初と同じ猿ばかりで……タマの瞬殺により、俺は順調にエナジーストーン入りのカプセルを集めることができていた。

しかし10体くらい猿を倒した頃、ようやく別の敵が現れた。

今度現れたのは、なんかでっかいコウモリみたいな敵だ。

そいつもタマの猫パンチで造作もなく瞬殺されていた。

コウモリのドロップ品は猿のと同じくエナジーストーン入りのカプセルで、タマによると中身は十五ｋＷｈあるそうだ。

そこから先は出現するのがほとんどコウモリばかりになり、俺たちはそのカプセルも十個くらい集めることができた。

1体だけ、でっかい食虫植物みたいなモンスターにも出くわしたが。

ちなみにそいつからは「スルー薬」なる魔法薬の原料となる薬草がドロップした。

あまりにもサクサク進んでいる気がするが、簡単なダンジョンだからなのか、タマが強すぎるからなのかは判断に迷うところだな。

タマは「こんな雑魚相手じゃ自慢にもならない」などと言うが、あの猫パンチの威力、下手《へた》したらダンプカーの突撃くらいの威力はありそうだし。

などと考えつつ歩みを進めていると……少し長い下り坂を抜けたところで、俺たちは初めてモンスター以外の存在にエンカウントすることとなった。

——宝箱だ。

いや待て。「モンスター以外」だと決めつけるのはもしかしたら早計かもしれないな。

確か調べた事前情報によるとダンジョンには宝箱に扮《ふん》する「ミミック」なるモンスターがいるらしいし、油断したまま開けようとすると大変な目に遭うかもしれない。

ここは慎重に行こう。

「タマ……あれってミミックじゃないよな?」

カプセルの中身を開けずに言い当てるほどの解析力のあるタマならもしかしたら分かるかと思い、俺はそう質問してみた。

「にゃ(違うにゃ)」

すると、タマは間髪いれずに即答した。

そこまで自信があるのか。なら、あれは宝箱で確定だな。

さあ、じゃあ開けようか。

と思い、一歩踏み出した俺だったが……タマの様子を見て、俺はその足を止めた。

というのも、どういうわけかタマは宝箱の前でしきりにヒゲをヒクヒクさせながら宝箱の様子を窺《うかが》っているのだ。

ミミックじゃないことは分かったはずなのに、何をそんなに警戒しているんだ……？

いや、もしかしたら警戒してるわけじゃないのかもしれないな。

これだけ不思議な空間なんだ。

あの宝箱が、「開けるタイミングによって中身が変わる」みたいな仕様だったとしても今更驚きはしない。

もしタマが「より良い宝箱の中身」を求めてタイミングを計っているんだとしたら、俺はその邪魔をしないようそっと見守るべきだろう。

「……にゃ（今にゃ）」

案の定、俺の予測は当たっていたようで……タマは何かしらの確信を持った様子で、その肉球で宝箱の蓋《ふた》に触れた。

すると――不思議な現象が起こり始めた。

「うわ……何だこれ⁉」

一瞬宝箱がブォンと鳴り、続いて地面に巨大な魔法陣が出現したのだ。

待て待て待て。中から出てくるものを厳選してるとかならまだしも……これは流石に聞いてないぞ。

そもそもこれ、本当に宝箱か？

今更こんなことを言ってもしょうがないが、ミミックでも宝箱でもない「第三の何か」である可能性を完全に排除して考えてしまっていたような……。

目まぐるしく色々考えているうちにも、突如として視界は暗転してしまった。

そして次の瞬間、また視界が開けたかと思うと……そこには全く見覚えのない、開けた空間で4人の男女と1体のドラゴンが対峙《たいじ》する光景が広がっていた。

◇◇◇［side：昇格試験中の探索者パーティー］◇◇◇

タマと哲也《てつや》が越谷のダンジョンに入る、少し前のこと。

群馬県北部に位置するとあるダンジョンにて、一組のパーティーが探索を始めていた。

構成メンバーは鎧《よろい》を着た筋骨隆々の剣士、様々な装飾の施された豪華な見た目の弓を持つ弓使い、持ち手の部分に水晶のついた杖《つえ》を持つ僧侶《そうりょ》、そして……深緑のジャージを着たメガネの少女。

パッと見明らかにメガネの少女だけ強烈な場違い感が半端ないが、実はメガネの少女こそがこのパーティーのリーダーだ。

彼らは全員Cランクの探索者で、パーティーとしての現在のランクもC。

しかし彼らはCランクとして長く活動し、実績を残しており……今日はBランクに昇格するための最終試験を受けるところだった。

その試験内容は、「危険度Bのダンジョンを踏破すること」。

危険度というのはダンジョンを難易度別に分類する指標のことであり、「同じランクの探索者4～5人でボスまで攻略できる程度の難易度」と定められている。

ゆえに、もし彼らが危険度Bのダンジョンをボスまで攻略しきれば、それが彼ら全員にBランクとしての実力があるという証明になるのだ。

ちなみにソロの場合は、自身のランクよりひとつ下の危険度が推奨攻略難易度となる。

早速、彼らの目の前にヴェノムウルフという、全身に猛毒を持つ狼型のモンスターが立ちはだかる。

「マジックエンハンス」

「メガネフラッシュ・烈」

そのモンスターは……僧侶がリーダーにバフをかけ、リーダーがメガネをキラリと光らせる特殊技を発動させると、一瞬で火だるまになった。

数秒後、狼は姿を消し、代わりにカプセルが出現する。

流石《さすが》Bランクたり得る実力を証明しに来たパーティーだけあって、上層部の単独で出現したモンスターくらいなら、彼らは全員で総攻撃せずとも倒せるのだ。

そんな調子で、彼らは順調にダンジョン深層へと歩みを進めていった。

それから一時間と少しが経《た》ち、彼らはついにボス部屋の手前のモンスターと戦うところまでやってきた。

部屋の前に立ちはだかるのは、ノナケラトプスという九つの角を持つ突進を得意とするモンスター。

「エリアエンハンス」

「メガネフラッシュ・γ《ガンマ》」

まずは僧侶がパーティー全体にバフをかけ、続いてリーダーがメガネから高出力の放射線ビームを飛ばす特殊技を発動した。

「グギガガガガガ」

放射線ビームをくらったノナケラトプスは、中枢神経の一部を焼かれ、走ろうとすると足がもつれるようになってしまった。

このように、「メガネフラッシュ」はその種類により、攻撃技だけでなくデバフ技になったりすることもある。

突進が得意技なのに突進ができなくなったモンスターなど、もはや脅威でも何でもない。

「シンデレラアロー!」

「ナイス!　行くぜ、パワースラッシュ!」

あとは弓使いが強アルカリ性の毒矢を放ってノナケラトプスの首周りの肉を軟化させ、弱点となった首周りを剣士が一刀両断した。

ボス前の魔物も、無難に討伐完了。

「よし……この調子ならボスも十分行けるな」

「ええ、でも油断は禁物よ」

「当然だ。最大の集中力で完膚なきまでに叩《たた》きのめしてやるぜ！」

そんな会話を繰り広げつつ、彼らはカプセルをバッグにしまった。

そして意気揚々と、ボス部屋のドアを開ける。


が――彼らを待ち受けていたのは、想定外の緊急事態だった。

「な、何よあれ……」

「嘘……だろ……？」

扉の向こうにいたのは、全身に青白い炎を纏《まと》う巨大なドラゴン。

「な、ななな何でコイツがこんなところに……！」

シリウスドラゴンという、本来なら危険度Aのダンジョンのボス部屋にいるはずのモンスターだった。

「あの輝きは……」

「間違いねえ。Bランクのブルーファイアドラゴンのそれとは全然別物だ！」

「ど、どどどうすりゃ良いんだ……」

ダンジョンのボス部屋のドアは、基本的にパーティー全員が入るとその瞬間に閉まる仕様になっている。

そしてボスを倒さない限り、内側からそのドアを開けることはできない。

すなわちこの状況は、彼らにとって「到底敵《かな》わないモンスターを倒すか、死ぬか」の二択を迫られる理不尽極まりないものであることを意味していた。

「どうしてこうなった？　突然変異か、危険度変化の予兆……なんて全然なかったよな」

「そんなことを考えるのは後よ！　とりあえず、目の前のアイツをどうにかしなきゃ！」

「つってもどうすりゃいいんだ！」

「考えつく限りの脱出方法を試すしかないわ。とりあえず……メガネフラッシュ・眩《げん》！」

通常、ボスとの戦闘中はあらゆる脱出手段が封じられている。

ドアが開かないのはもちろんのこと、壁も異常なほど硬くなっているので掘って外に出ることは不可能だし、瞬間移動系のアイテムやスキルは全て効果が封じられる。

しかし、このようなイレギュラー発生時には、ダンジョンに何らかのバグが生じて外への転移が可能になってたりするかもしれない……とリーダーは考えた。

色々試す時間を稼ぐため、彼女は一旦《いったん》「メガネフラッシュ」のうち目眩《めくら》ましの効果を持つ種類のビームを発動した。

「帰還石は……ダメね、発動しない」

「ドアはやっぱ体当たりしてもビクともしねえ！」

稼いだ時間を使って、彼らは色々試すも……どれ一つとして、脱出成功には至らなかった。

そうこうしているうちにも、シリウスドラゴンの視界が戻ってしまい、口を大きく開けてブレスを放つ準備を始める。

「ああ、もうだめだ……」

「そんな……これからもっと上へってところだったのに……」

流石にもうどうしようもないと観念した彼らは、ついに嘆きの言葉を口にしだした。

数秒後、ブレスが放たれ、彼らは一万度を超える炎の海に包まれる。


——はずだった。

しかし、なぜかそうはならなかった。

彼らに迫りくる炎は謎の風によって勢いを失い……そのままかき消えてしまったのだ。

「え……」

「な、何事……？」

困惑した彼らだったが……直後、何か強烈な生物の存在を感じて後ろを振り返ると、そこには左の前足を高く掲げる1匹の巨大な猫がいた。

パーティーメンバーの中に、シリウスドラゴンのブレスを真正面から弾《はじ》き返せる者などいない。

というか、全員が力を合わせてもそんな芸当は不可能だ。

消去法で、今の謎現象を起こしたのはあの巨大猫だということが確定した。

「今度は何だよ……」

「いくら何でもイレギュラー続きすぎだろ！」

ダンジョンによっては、ボスモンスターが2体存在するケースもある。

もしあの巨大猫もボスモンスターだとしたら、「前にはシリウスドラゴン、後ろにはそのブレスをかき消せる力を持つ謎の猫」という絶望に絶望を重ねたような状況だった。

しかし——どういうわけか、彼らはその猫が味方のように直感し、謎の安心感を覚えた。

そしてその安心感が正しいことを証明するかのように、猫の後ろからは1人の男が姿を現したのだった。

◇◇◇

ここはどこなんだ。

なんで宝箱を開けただけで、一瞬視界がブラックアウトしたかと思えばドラゴンの目の前にいる羽目になってるんだ。

あと、タマはなぜ左前足を宙に上げているんだ？

困惑していると……タマは左前足を下ろしつつ、安堵《あんど》したようにこう言った。

「にゃあ……（ふう……何とか間に合ったにゃ）」

間に……合った……？

「どういうことだ？」

「にゃお、にゃあ～（せっかく転移トラップを見つけたからもうちょっとマシな敵がいるダンジョンに行こ～って思って、転移先を乱数調整してたら危ない目に遭いかけてる人たちを見つけたにゃ。一瞬手遅れかと思ったけど……どうにか間に合って、アイツのブレスを拳圧《けんあつ》で吹き飛ばしたにゃ）」

発言の意図を問うと、タマはそう詳細を話した。

なるほど。やっぱりあの宝箱っぽいものは宝箱じゃなくて、宝箱に扮《ふん》したギミックだったのか。

それも、別のもっと危険なダンジョンに飛ばすタイプの。

……サラッと言ってるけど、罠《わな》を当たり前のように移動手段扱いしてるの、ちょっと訳が分からないな。

そしてあの開ける前の謎のヒゲヒクヒクは、やっぱり「開けるタイミングで結果が変わる仕様」を逆手に取るための行動だったか。

罠にかかって高難易度のダンジョンに飛ばされた、ってだけだと不安要素しかないところだが、行き先をピンポイントで厳選できてるなら勝てる相手を選んでるってことだろうから、そこはちょっと安心だな。

左前足を上げてたのは、ドラゴンのブレスに猫パンチを食らわせてたからだったと。

……いや冷静に考えて「ドラゴンのブレスに猫パンチ」って何だ。

武術の達人でもパンチではロウソクの火を消せる程度なのに、いくら何でも拳圧強すぎだろ。

でも結果としてブレスはちゃんと跳ね返せてるし……うん、この点については考えるのをよそう。

さて、とりあえず攻撃を防げたのはいいが、ここからどう戦うつもりなのか。

ドラゴンはといえば、首をかしげて困惑している様子だ。

せっかく隙ができている間に、お得意の猫パンチを急所にお見舞いすれば倒すことができるか
——。

……などと作戦を予想する俺とは裏腹に、あろうことか、タマはドラゴンに背を向け、なぜかダンジョンの壁を爪でガリガリと引《ひ》っ掻《か》き始めてしまった。

いや……いったい何をしている。

「にゃ～（ま～ずは爪を研いで、にゃ）」

どうやら目的は爪とぎだったようだ。

なるほど、それで切れ味を上げてドラゴンに斬撃を……って、おい。

それどう考えても敵前で優雅にやることじゃないだろ。

てか、今更だけどよく爪でそんなボロボロとダンジョンの壁を剥《は》がせるな。

確かに、古民家などで猫が土壁をガリガリ引っ掻くのはよく見る光景だが、ここの壁ってあんな脆《もろ》い物とは桁違《けたちが》いに丈夫なはずだよな？

透き通るような赤い色合いからするに、この壁はおそらくルビーあたりでできている。

とすれば、ルビーはダイヤモンドの次に硬いとされるコランダムの一種なので、この壁は世界有数の硬さを誇るはずだが……それで爪を研ぐって、どんだけ頑丈なんだよ今のタマの爪。

試しに俺も壁を引っ掻いてみるが、傷一つ付けられそうにない。

「キュオオオ……」

そうこうしていると、ドラゴンが我に返ってしまったようで……敵意剥《む》き出《だ》しの様子で、タマに威嚇の叫び声を放った。

「にゃ（はいはい、ちょっと待つにゃ）」

そんなことは意にも介さず、まるで子供を諭すかのようなテンションで返事をするタマ。

それがドラゴンの神経を逆撫《さかな》でしてしまったようで……ドラゴンは再びブレスを放つべく、口を開いて何やらエネルギーの塊みたいなものを口内に用意し始めた。

元々ここにいた4人組は怯《おび》えた様子で後ずさるが、タマは爪とぎをやめるつもりもなさそうだ。

うーん、俺はどういう心境でいるのが正解なのか分からなくなってきたぞ……。

数秒後、ついにブレスを放つためのエネルギー充填《じゅうてん》が完了したようで、一段とドラゴンの口内が明るく輝いたかと思えば、鬼気迫る勢いで青白い炎がこちらに向かってきた。

「にゃ～（せっかちさんは困るにゃ）」

そこでようやく爪とぎを中断したタマは……瞬間移動かと見紛《みまご》うような超高速でブレスの目の前に移動し、その先端に猫パンチをかました。

すると、ブレスは進行方向を百八十度変え、ドラゴンに向かって猛烈なスピードで帰っていった。

「ゴワァァァァァ！　フッ……フッ……」

ドラゴンの方も、流石《さすが》に自身のブレスで焼き尽くされてしまうことはないようだが……それでも無傷とはいかないらしく、口の中を軽く火傷《やけど》してしまったようだ。

ドラゴンがまるで熱すぎるご飯を口に入れてしまった人のようにフーフーするたび、焼き肉のような匂いがこちらまで漂ってくる。

そんな中、タマは爪とぎを再開し、またガリガリとダンジョンの壁を削りだした。

が、今度はドラゴンが何かするでもなく爪とぎをやめ、タマはドラゴンと正対した。

どうやら爪とぎ完了のようだ。

「にゃ（ずっと空中に浮かんでるのが癪《しゃく》に障るにゃ）」

おもむろに、前足を高く掲げるタマ。

振り下ろすと……一瞬遅れて、ドラゴンの両翼が胴体から切り離された。

「え……今の技はいったい？」

「にゃ（ただの〝ひっかき〟にゃ）」

「その〝ひっかき〟ってのは、斬撃を飛ばすみたいなものなのか？」

「にゃあ（そうしようと思えばそんな感じにもなるにゃ）」

尋ねてみると、タマはそう先程の技を説明してくれた。

いや、遠隔攻撃可能なひっかきはどう考えても「ただのひっかき」ではないと思うのだが。

コランダムをガリガリできる爪があればそんな芸当さえも可能なのか……。

さて、ドラゴンの方はといえば……どうやら翼がないと空中でホバリングし続けられないようで、地面にベシャッと落下していた。

ああなったらもはやただのデカいトカゲだな。

「にゃ（これで攻撃が届くにゃ）」

どうやらタマはトドメを刺すつもりのようだ。

「にゃあ！（これで最後にゃ！）」

タマは地面を軽く蹴《け》って空中に飛び上がると……天井を蹴ってクイックターンし、右前足の肉球に落下スピードと全体重を乗せるようにしてドラゴンの頭蓋《ずがい》を粉砕した。

あれ……天井まで届くジャンプ力があったら空中のドラゴンをそのまま攻撃できたんじゃ？

まあおそらく、「天井は地面ほど丈夫ではないので、ドラゴンをワンパンする威力の猫パンチで天井に殴りつけたら突き破ってしまう」とか、何かしら自身の能力とは無関係の事情でもあったのだろう。

切り落とされた両翼含む、ドラゴンの全てのパーツは次第に透明になっていき……数秒すると、代わりにカプセルが出現した。

「タマ、よくやったぞ！」

「にゃ～ん！」

戦闘を終えたタマに声をかけると、タマは嬉《うれ》しそうにスタスタとこちらにやってきた。

「タマ、技のバリエーションが豊富なんだな！　見応えあって凄《すご》かったぞ～」

「ふにゃあ～（そう言ってもらえたら、わざわざ爪を研いで倒したかいがあったにゃ～）」

労《ねぎら》いの言葉をかけると、タマは俺の左腕にほっぺをスリスリしてくれた。

うおっ、その巨体でそれをされると、踏ん張らないと転《こ》けそうになる。

でもそんなことより毛がフワッフワで気持ちいい。

しばらくタマと戯《たわむ》れていると……こちらに駆け寄ってくる足音と、人が話しかけてくる声がした。

「あの……この度は本当に助かりました！」

あ……そういえば、ここにはドラゴンと戦っていた先客がいたんだったな。

タマの活躍に見惚《みと》れてすっかり頭から抜けてしまっていた。

「たまたまAランク探索者さんが通りすがってくれて命拾いしました！」

今度は4人組の別の人物が、そう言葉を続ける。

その言葉に……俺は一つ違和感を覚えた。

「ん……Aランク探索者？」

確かに、事前に調べた情報の中には、ダンジョンを探索する人にはランクがあるみたいなことが書かれてあった気がする。

しかし俺は、Aランク探索者ではない。

というか、そもそも自分にランクなどない。

それどころか、ランクをどこの誰が設定しているのかすらよく分かっていない。

昨日の今日では、そこまで十分な事前知識をインプットする時間はなかったのだから。

「ランク……とは何ですか？」

何と返すのが正解かも分からず、とりあえず俺はそう聞き返してしまった。

すると……4人は揃《そろ》いも揃って困惑したような表情で顔を見合わせたまま固まってしまった。

◇◇◇

しばらくの静寂の後、「とりあえずリスポーン前に安全な場所へ」とボス部屋の外に出ると、改めて俺は、1人1人の身なりに目を向けた。

一番右の人は筋骨隆々の、大剣を持ったハンサムな大男で……、その隣にいるのは、豪華な装飾の大弓を持つこれまたイケメンな男。

一番左の人は住職っぽい服にでっかい魔法の杖《つえ》を持つ、スキンヘッドの凛《り》々《り》しい男で……その隣にいるのは、メガネと着古した緑のジャージが特徴の女の人だった。

いや、3人の男は分かるとして、女の人はなんでその装備？

てか、どういう経緯でこのメンバー構成に落ち着いたんだろう。

などと考えていると……大剣の男がメガネの女の人に話しかけた。

「メガネさん……？」

が、メガネの女の人は軽く身震いをしただけで、特に返事をしない。

様子を見かねて、大剣の男は俺の方を向いてこう言った。

「すみません、うちのリーダーかなり人見知り激しくって……今ちょっと話せそうにないんで、俺から話しますね」

どうやら女の人（メガネさんと言うらしい）は初対面の俺たちを前に緊張で固まっていただけだったようだ。

て――今大剣の人、メガネさんがリーダーだって言った⁉

「え、ええ……どうも」

思わず俺はメガネさんの方を二度見してしまった。

「にゃ（この人、すっごくＩＱが高いにゃ。たぶんそれで軍師的立ち位置でリーダーしてるにゃ）」

驚く俺の様子を見てか、タマはメガネさんを一瞬で分析し、さり気なくそんな補足を入れる。

「えっ……今脳内に直接声が⁉　だ、誰⁉」

大剣の人はといえば、タマのテレパシーに驚いて慌てふためきだした。

うんまあ、そりゃタマの能力を知らないとそうなるよな。

「ああすみません、うちの猫……タマって言うんですけど、鳴き声と同時に脳内に人間語で直接話しかけられるんです」

俺はそう説明を加えた。

「なるほど……そういうことでしたか。確かに、シリウスドラゴンを撃破できる猫ちゃんでしたらそれくらいできてもおかしくないですね……」

大剣の人は無事納得してくれたようだ。

さっきの敵、シリウスドラゴンって名前だったのか。

「ちなみにタマちゃんの推測、完璧《かんぺき》です。うちのリーダー、こう見えて旧帝出てるんすよ。逆に俺は頭脳の方はからっきしで、見た目も相俟《あいま》って『プロテイン』なんてコードネームになっちゃったんすけどね……ハハハ」

大剣の人（プロテイン君と言うらしい）は乾いた笑い声をあげながらそう付け加えた。

初対面の人の自虐ってなんかこう、笑っていいのか微妙だよな……。

「タマちゃんっていつからそんな凄い能力を得たんですか？」

苦笑いしようかどうか迷っていると……プロテイン君がナイスな質問を投げかけてくれた。

「それがね、つい昨日なんですよ。正直、飼い主の自分も未《いま》だに何が起きたかよく分かってません。というかタマ本人の希望を優先して見切り発車でダンジョンに来たので、今日戦ったどの敵がどれくらい強いかもよく分かってないですし……さっき仰《おっしゃ》ってたランクという制度が何なのかもよく分かってません。タマってAランクくらいなんですか？」

ちょうどいいタイミングだと思い、俺は自分がダンジョン初心者なのが伝わるよう経緯を交えて話し、そのままランクの話へと話題を戻した。

「なるほど、そういうことでしたか……」

プロテイン君はしばらくメガネさんと顔を見合わせた後、少し考える素振りをしてからゆっくり口を開いた。

「えーとまず質問に答えますと……ランクというのは迷宮協会が認定する探索者の実力の指標のことで、FからSまでの七段階あります。例外はありますが、登録試験の成績次第でF～Dくらいのランクからスタートすることになりますね」

「なるほど」

「ちなみに一般的にはCランクがプロの入り口で、B以上はベテランの域とされています。俺たちは今のところCランクです。どれだけダンジョンの攻略に貢献したかとか、実績も評価対象なので昨日の今日で高ランクになれるわけではないですが……2人でシリウスドラゴンを無傷で討伐できるなら、最低でもAランク、あれが楽勝だったならSランクもあり得るかと思います」

「そうですか……」

説明を聞いて、だいたいの相場感は掴《つか》めた。

って、じゃあ……タマ、めちゃくちゃ大ベテランクラスの実力があるってことじゃんか。

「タマ、さっきの戦いってどれくらい難しかった？」

「にゃ（実力の一割も出す必要なかったにゃ）」

「す、すげえ……」

うん、まあじゃないとあんな優雅に爪研いだりしないよな。戦闘中に。

そうなると、実績さえ積めばSランクも目指せるってわけか。

などと考えていると、プロテイン君から次の質問が来た。

「しかし……じゃあいったいどうやってこのダンジョンに入ってきたんですか？　このダンジョン、危険度Bなんで、迷宮協会の管理体制上Bランク以上の探索者資格がないと入り口で弾《はじ》かれるはずですが。あ、俺たちはBランクへの昇格試験のために仮免許で入場しましたが……」

何かと思えば、ここに来た方法を知りたかったようだ。

へえ、プロクラスのダンジョンとなると入場制限があるのか。

近いからって選んだ越谷のダンジョンがたまたまアマチュア向けで助かった。

じゃないと入場すらできず出鼻《でばな》を挫《くじ》かれるところだったな。

「なんかタマが宝箱みたいなの……転移トラップって言うんですかね？　を開けたら、気づいたらさっきの場所にいました」

「にゃ（元々のダンジョンの敵が弱くてつまらなかったから転移トラップ踏んだにゃ）」

俺が事情を説明し、続いてタマがそんな行動に出た理由を話す。

「「「え、ええ……」」」

なんか4人全員引いてしまった。

「転移トラップ……分かった上でわざと踏んだんですか……？」

「あれ、ダンジョンのギミックの中でも最悪な部類の初見殺しなのに……」

「間違ってても入場制限回避の裏技として使うなんてありえないですよね……」

どうやら転移トラップを移動手段として用いるのは、やはり常識外れだったようだ。

ただ誤解してほしくないのは、タマは甘い考えでそんなことをやったんじゃなくて、ちゃんとリスクコントロールした上であのトラップを利用したんだよな。

「やっぱり変だったんですね。でも安心してください。タマはヒゲで転移トラップの様子を窺《うかが》って、行き先を選べるみたいなんで」

「にゃ（感覚でいつ開ければどこに行くか分かるにゃ）」

「「「は……？」」」

補足すると、今度は4人とも口をあんぐりと開けて固まってしまった。

「行き先が……選べる……？」

「あの転移トラップの仕組みって、世界中の天才研究者たちが挑んでもほとんど解明できてないのに……？」

「これが野生の勘か……飼い猫の」

「オショウ、お前はお前で何言ってんだ」

マジか……タマ、天才研究者たちの先を行ってるってのか。

「でも、そういうことなら合点がいきました。確かにそれなら、先客がいるボス部屋に後から入ってこられるのも納得ですね……。てっきり、ダンジョンの危険度変化に伴うバグとかで、一時的にボス部屋の戦闘中ロックが機能していなかったのかと」

どえらい賢くなってしまったんだな……と感無量でタマを見ていると、プロテイン君は何やら疑問を自己解決したかのようにそう口にした。

え……このダンジョン、危険度変化中なの⁉

「危険度変化、ですか……？」

「はい。ダンジョンの危険度というのは、『そのランクのパーティーがボスまで攻略できる難易度』を目安に分類されてるんです。ですので、ここは危険度Bのダンジョンのはずなんですが……ボス部屋にいたのは、危険度Aのボスモンスターのはずのシリウスドラゴンでした。こういうイレギュラーはいろんな要因で起こり得るんですが……ボス前までの敵は順当に危険度B相当でしたし、ボスから変化するのは、ダンジョンそのものの危険度が変わりつつある可能性が高いかと」

尋ねると、プロテイン君が自身の考察を話した。

なるほどな。ドアを開けてみたら想定外の敵がいたからピンチに陥ってたってわけか。

「ごろにゃー（確かに、全体的に湧くモンスターが強いのに置き換わりつつあるにゃ）」

ヒゲをしきりに揺らしつつ、タマは調べて分かったことを口にする。

ヒゲ、本当に万能だな……。

「マジですか。じゃあヤバいじゃないですか」

「早く帰還しないとどんどんマズい状況に！」

「ああ、なんでこういうダンジョンに限ってボスを倒したら地上に転送される仕様じゃないのか……」

タマの調査結果を聞くや否や、探索者の面々は慌てだした。

「にゃ（大丈夫にゃ。言ってもだいたい一発叩《たた》けば倒せる敵しか出てきてないにゃ）」

タマにとっては、取るに足らない敵に変わりなさそうだが。

「本当ですか……！　凄《すご》く頼もしいです！」

「俺たち、不甲斐《ふがい》なくて恐縮ですが、ついていかせてもらいます！」

「危険度変わってない敵だったら俺たちが処理するんで、タマ様はどうか体力を温存なさってください！」

「……アリガ……ス……」

　これ以上ボス部屋手前で長話を続けるのもアレなので、一旦《いったん》俺たちは地上を目指すこととなった。

◇◇◇

　それから数十分して、俺たちは地上に出ることができた。

「ありがとうございました！　ところどころ俺たちだけだと詰んでた場面がありましたが……タマ様のおかげで無事外に出られました！」

「いえいえ、こちらこそ皆さんの戦闘を見られたり、色々お話を聞けて良かったです！」

「にゃ（タマでいいにゃ。あるいはタマちゃんで）」

　プロテイン君の宣言通り、従来の危険度の敵は4人組パーティーのみんなが、危険度Aの敵はタマが担当する形で、俺たちは帰路をたどった。

　ちなみに、彼らのパーティー名は「オメガ・ネオ」で、「メガネさんがリーダー＝メガネ王」が由来らしい。

　おそらく全部タマが倒してもタマの体力的には問題なかっただろうが、みんなにもプライドがあると思ったので、敢えてそんな過保護にするような提案はしなかったのだ。

　みんながどんな風に戦うのかも、純粋に興味があったしな。

　そして道中、特に敵がいない時間は、みんなの装備についてや迷宮協会がどんな組織か、ドロップ品の扱いについてなど、色々お話を聞かせてもらった。

こちらも今後活動する上で大変参考になる情報ばかりだった。

ちなみにプロテイン君の剣、あまり見かけないタイプの金属光沢だと思ったら純ミスリル製らしい。なんか羨《うらや》ましいな。

「ははは、そうですかね。タマちゃんからすれば、俺たちレベルの戦いなど参考になるかだいぶ怪しいですが……」

と、プロテイン君は謙遜《けんそん》するが、実際俺は彼らの戦いを見られて本当に良かったと思っている。

それは戦法や戦略の参考になったとかいうよりも、「ダンジョン探索者」という職業についてより身近なものとして実感できたという点においてだ。

正直、ゲームにしかいなそうな不思議な生物を見たとはいえ、ドラゴンを倒したくらいまでは本当にタマの「すごーいパワー」に活躍の場があるのか半信半疑だった。

この現代日本において、自衛隊でも警察でもない一般市民の戦闘能力が評価される場があるということそのものに、あまり現実味を感じられなかったからだ。

だが、オメガ・ネオのみんなが戦う姿を見せてくれたことで、俺は「ゲームにしか存在しないと思ってたような空間で、戦うことを生業《なりわい》とし、社会的に評価されている人たちがいる」ということを肌で実感できた。

こんな環境があるなら、タマが存分に力を発揮しても安心だろう。

そう心から思えたのは、非常に大きな収穫だ。

……まあメガネさんの必殺技に関しては、どう考えてもレンズの発光では説明がつかない圧倒的焼却力にちょっと面食らってしまったが。

戦闘になると、さっきまでの人見知りはどこへやら的確に3人に指示を飛ばしていたので、本当に彼女は3人にとってなくてはならない存在なのだろう。

「……ス……恩人……ス……」

まあ、今はアドレナリンが切れたからかこの通りだが。

それでも肝心なところは聞き取れたし、頭を下げてくれてることからも言いたいことは分かる。

「それはタマに言ってあげてください。タマ、よくみんなを守ってくれた。偉いぞ～！」

「ふにゃぁあ～お」

ごほうびにまたたびボールを鼻に近づけると、タマは嬉《うれ》しそうにスリスリしだした。

これも今のタマのサイズに合ってないから、特注のでっかいのを用意しないとな……。

あ、ちょ待て、食べるんじゃない。

まあ……今のタマの体格ならこの量くらい平気だろうし、研究者を超える賢さがあれば自分にとって害がない量を見極めるくらい訳はないだろうから今回は不問に付すか。

「じゃ、一旦迷宮協会に行きますか。ここからならみなかみ支部が近いんで、ご案内します！」

タマがまたたびボールを飲み込んだ数秒後、一部始終を見守っていたプロテイン君からそんな提案が。

転移先のダンジョン、みなかみの近くだったのか。

あの一瞬でそんな距離飛ばされるなんて、と思う半面、北海道だの沖縄だの離島だのでなかったのは救いだな。

群馬なら隣県なので、帰るのにそんなに時間はかからなそうだし。

「ええ、ぜひお願いします」

せっかくなので、俺は提案に乗ることにした。

換金までの流れとか、どうせなら先輩が目の前にいるところで教えてもらえると安心だし、あわよくば探索者登録もしたいからな。

……そんな即日でできるものなのかは知らないが。

「ところで、探索者登録って行ってすぐできるもんなんですかね？　予約とか必要ですか？」

「試験開催日はホームページとかに載ってるので、それを見て行けば予約は特に必要ないです。ただ……みなかみ支部は小ぢんまりとしてるので、試験開催施設ではなかったはずですが」

「なるほど」

……どうやら別の根本的な理由で無理みたいだ。

ま、別に急いでしなくても越谷レベルのダンジョンには入れるし、俺たちの場合そこから転移トラップでどこへでも行けるし。

それはまたの機会にするとして、今回は換金だけ済ませるとするか。

◇◇◇

みなかみ支部にて。

「おかえりなさいま……？」

建物に入ると、受付の人が俺たちに声をかけようとして……そのまま途中で固まってしまった。

「あ、あ、あ、あの……そちらの大きな猫はいったい……？」

「この方は俺たちの恩人なんです」

受付の人の疑問には、プロテイン君がすぐさま答えた。

「お、恩人……？」

「ええ。今回試験のために入らせていただいたダンジョンなんですが……運悪く、ちょうどボス戦の時に危険度変化が起こってしまいまして。でも、その時こちらの猫が颯爽《さっそう》と現れて、シリウスドラゴンを退治してくれたんです」

「は、はい……？」

プロテイン君が熱心に経緯を話すも、受付の人はますます困惑してしまう。

「にゃあ（何とか間に合って良かったにゃ）」

「わっ、喋《しゃべ》った……!?　喋ったというか……え？」

……そのくだり今日で二回目なんよ。

「えっととりあえず……皆さん別室にご案内しますので、そこで詳しく聞かせてください」

なんとか深呼吸で自分を落ち着けると、受付の人はそう言って俺たちを応接室に案内した。

そこでオメガ・ネオのみんなは、今回起こったことの詳細を語った。


「なるほど、そういうことでしたか……」

話を聞き終えると、受付の人は棚から水晶のようなものを持ち出し、机の上に置いた。

それを受付の人が軽く撫《な》でると、ホログラムのような画面が空中に浮かび上がった。

「確かに、ゲートで認証されてない生命体が2体、仰《おっしゃ》る時刻にダンジョンから出てきた記録がありますね。ボス部屋に助っ人が現れたなど、にわかには信じがたい話ですが……転移トラップに引っかかった者が生還しない限り確認できない現象です。信じましょう」

どうやら受付の人は、水晶を使ってみんなの話の真贋《しんがん》判定をしたかったようだ。

危険度が高いダンジョンでは迷宮協会の管理体制上、無資格者がダンジョンに入れないようになっていることはさっき聞いたが、その仕組みで「誰がいつ入って出たか」まで把握できるようになっているのか……。

「ちなみにシリウスドラゴンのドロップ品、ちょっとお見せいただいて良いですか？」

「あ、はい」

さらなる確認を取るべく、こちらにも戦利品の確認が求められたので、俺はバッグから一番大きいカプセルを取り出した。

「これは……間違いないですね。ありがとうございます」

受付の人はカプセルをこれまた別の装置にかざすと、納得したような表情でそう言った。

「ありがとうございます。では、ちょっと待っててくださいね」

そして話を聞き取りながらまとめていた報告書を手に立ち上がると、受付の人は部屋を出ていってしまった。

数分後、戻ってきた受付の人の手には、四枚のカードが握られていた。

「ではまず、『オメガ・ネオ』の皆さん。結論から申し上げますと……あなたたちはこの度の昇格試験合格とし、Bランクの探索者証を支給いたします」

何かと思えば、上の人に昇格手続きの承認をもらいに行っていたようだ。

「え……いいんですか？　こんな結果だったのに」

この結果が意外だったようで、プロテイン君は思わずそう聞き返す。

「もちろんです。あなたたちが対処できなかったのは、あくまで危険度Aとしてのイレギュラー部分だけとのことですし……最終的な対処はタマちゃんに任せきりだったとはいえ、それまでの間あのシリウスドラゴン相手に時間稼ぎはできていたのですからね。実力は十分証明できていると言えるでしょう」

「あ……ありがとうございます！」

「「「ありがとうございます！」」」

おそらく、全員今回の昇格は絶望的だと思っていたのだろう。

彼らは皆、とても嬉しそうに新しいランクの探索者証を受け取っていた。

「にゃあ（転移先があのダンジョンになるまで持ちこたえてくれたからこそ、タマもこの人たちを救えたにゃ。頑張りが認められて良かったにゃ）」

「「「タマちゃん！！！」」」

……もうなんか、そのやり取りは師弟とかがするもんなんよ。

ダンジョンでの活動について色々教えてもらったのは、むしろ俺の方だが。

「では、カウンターに戻りましょう。皆さん、戦利品の換金もされますよね？」

ひとしきりオメガ・ネオのみんなの感動具合を見守った後、受付の人はそう聞いてきた。

おっ、いよいよお楽しみの換金タイムか。

「ええ、ぜひ」

ワクワクしながら、俺は皆と一緒に応接室を出てカウンターに戻った。

俺たちが受付の人にドロップ品を渡して、受付の人がそれらを精算用の装置に通した後のこと。

「それではまず、オメガ・ネオの皆さんの売却総額から行きますね。今回の額は、72万円となります！」

札束と明細をキャッシュトレイの上に置きつつ、受付の人はそう言って金額を伝えた。

「「「おおお……！」」」

それを見て、テンションが上がった様子のオメガ・ネオのメンバーたち。

「一日で70万超えは俺たち史上最高じゃないか？」

「これが危険度Bの実入りか……危険度Cまでとは全然違うぜ！」

「今後がますます楽しみになるな！」

どうやらその理由は、売却額が過去に例を見ない良さだったからのようだ。

すげえな。人数で割っても18万、俺の手取り月収くらいあるじゃないか。

もちろんそれがそのまま自分のものになるわけではなく、プロテイン君曰《いわ》く探索者は個人事業主扱いらしいので、確定申告でここから税や社会保険料が取られはするんだろうが……にしても「一日で」この額を得られるというのは、なかなかいい夢を見させてもらった。

――と、思ったところだったが。

「そして、哲也さんとタマちゃんの分の売却総額ですね。こちらは……75万8０００円となります」

まさかまさかの――売却総額は俺たちの方が3万8０００円も上回る結果となってしまった。

……え。聞き間違いじゃないよな？

「あの……え、本当にそんなにもらえるんですか？」

思わず俺はそう聞き返した。

いやまあ、確かにカプセルの売却個数だけで言えば、オメガ・ネオより俺たちの方が多かったけども。

そのうちほとんどは、越谷（プロテイン君曰く危険度Dらしい）のダンジョンで入手したものだ。

転移後のダンジョンから帰還する時はタマが極力敵と会わないルートを選んでくれたこともあって、危険度Aの敵には二回しか遭遇しなかった。

つまり、危険度Aのカプセルについては、ボスのもの含めたった三個しか売却していないのだ。

一方で、オメガ・ネオが今回売却したカプセルは十八個、それもその全てが危険度Bのものだ。

金額における危険度Dのカプセルの割合なんて微々たるもんのはずなのに……たった一段階難易度が変わるだけで、六倍も相場が変わるもんなのか？

「間違いないですよ。念のため内訳を言うと、シリウスドラゴンのカプセルの売却額が45万円、他二つの危険度Aドロップのカプセルが計30万円、残りのカプセルが８０００円となります」

「な、なるほど……」

どうやら本当にそんなレベルで相場が違うようだ。

「あ、ありがとうございます……」

とても実感が湧かない中、俺は震える手でトレイ上の札束を鞄《かばん》にしまった。

いや、これでもはや手取り四か月分なんですが。

なんか、週明け以降の勤務は今まで以上にアホらしく感じそうだな。

「にゃ〜あ？（にゃ？　言ったにゃ、タマがテツヤを幸せにするって）」

てか……俺ってもしかして、もうあの漆黒企業を辞められる？

いや、早とちりはよそう。臨時収入としては超高額だが、生涯賃金からすれば今回だけではまださして大きな金額ではないからな。

一旦《いったん》は「働けなくなっても当面の生活は問題ない」ということを心の支えにしつつ、大きな決断は継続的にこの稼ぎ方ができそうな実感を持ってからにする、というくらいのバランスがちょうどいいだろう。

「すっげえ……これが危険度Aの相場か……！」

「危険度Aの相場がこれくらいだってのは調べりゃだいたい載ってるけどさ、目の前で見るとやっぱビビるわ」

「早くこれになりたい……！」

この金額に面食らったのは俺たちだけではないようで、プロテイン君たちも後ろでひそひそとそんな話を繰り広げていた。

「では皆さん、今後ともご活躍を期待しております！」

受付の人は俺たち全員に向かってそう言って場を締めた。

と思いきや、

「……あ、哲也さんはできればお早めに探索者登録してくださいね。もしかしたら、高難易度ダンジョンに正面から入れるのは大したメリットではないとお考えかもしれませんが、他にも良いことはたくさんありますので！」

俺に対しては思い出したかのようにそう付け加える。

「承知しました」

ここまでの流れがあまりに急展開すぎて、札束を受け取ってもなお実感が追いついてないのが正直なところだが……おそらくタマはもう、俺を高ランクの探索者にするビジョンをハッキリと見据えてそうだからな。

その気持ちを汲《く》み取《と》って、前向きな返事をしておくことにした。


迷宮協会の建物を出た後。

「先程は俺たちを救ってくださりありがとうございました。このご恩は一生忘れません！」

「いえいえ、こちらこそ探索者活動の基礎を教えてくれてありがとうございます」

「とんでもないです、こんなんじゃお礼にもなってませんよ……。またどこかでお会いしたいです！」

「こちらこそ」

「にゃ（みんなも元気でにゃ）」

俺たちはオメガ・ネオのみんなと別れの挨拶《あいさつ》を交わし、帰路に就くことになった。

さて、これから帰り道、県境をまたぐ大移動が待っているわけだが……。

「タマ、家まで帰る体力って大丈夫そう？」

「にゃ（問題ないにゃ。なんなら日本一周だって余裕にゃ）」

念のためタマが疲れてないか聞いてみると、全くもって問題ないようだった。

それは良かった。

「にゃ（さあ、乗るにゃ）」

「あいあいさー」

タマが尻尾《しっぽ》で背中を指し示したので、俺はそこに乗る。

と、ここで——俺は一つ、名案を思いついた。

そうだ。せっかくそんなに移動できる体力が有り余ってるのなら、直帰するんじゃなくて、ちょっと寄り道でもしていくか？

今日の臨時収入は、全部タマのおかげなんだ。

このお金は、タマのために使うのが筋だろう。

例えば、一緒に魚市場に行って、タマが食べたいと言ったものを全部買い占めるとかな。

「タマ……じゃあ家に帰る前にさ、一旦築地《つきじ》に寄らないか？　タマが食べたいって言った魚全部買うから」

俺は自分が知ってるメジャーな魚市場の一つを挙げてそう言った。

別にそういう理由なら豊洲《とよす》市場でも良いのだが、あっちは通勤経路の途中にあるからあんまり休日に寄りたくないんだよな。

「ごろにゃあ～ん‼（それは最高にゃ！　おなかすいたにゃ～～！）」

俄然《がぜん》テンションを上げたタマの走りは……心なしか、行きより速い気がした。

◇◇◇

「ふう～、ただいま！」

築地市場に行き、これでもかと言うほどの量の魚を買い漁《あさ》った後。

再びタマに乗って家に帰ると……俺はまず、リビングの窓を全開にした。

すると……開けた窓から、業務用冷凍庫がゆっくりと中に入ってきた。

――なんで業務用冷凍庫がって？

それは、せっかく築地に行くからには何日分も魚を買《か》い溜《だ》めしようという話になったからだ。

魚を買い溜めするとなると、冷蔵保存では鮮度を保つのに限界がある。

しかし、俺の家に元々ある冷凍庫のサイズにはタマの何食分もの魚を入れるほどの容積がない。

であれば、冷凍庫から買い足してしまえばいいではないか。

そんな流れで、俺たちはまず築地の近くの家電量販店に立ち寄り、業務用冷凍庫を買った後、築地市場で買い物をして中身を全部冷凍庫に入れて帰ってきたのである。

もっとも、今はまだ冷凍庫の電源が入ってないので、クーラーボックス代わりに使用しているようなものだが。

空いてるコンセントの近くまで冷凍庫が運び込まれると、俺はプラグを挿《さ》して冷凍庫を起動した。

ちなみに築地からの帰り道どうやって冷凍庫を運んだかだが、タマはどうやら念力で物体を動かせるようで、冷凍庫を後ろからついてこさせていた。

今の搬入も、その能力のおかげでスムーズに行われたってわけだ。

「にゃっ、にゃっ（楽しみにゃ、楽しみにゃ）」

タマも食べるのを今か今かと待ち切れない様子だし……早速調理を始めよう。

俺は電源入れたてのためまだほぼ常温の冷凍庫から何尾か魚を取り出すと……それらをキッチンに持って移動し、捌《さば》いていった。

今回購入したのは、アマダイ、カマス、マグロ、そして鰹節《かつおぶし》。

鰹節は猫用のをちゃんと探すべきかと思ったが、タマ曰く「ミネラルくらいニャっとすればいくらでも消化できるにゃ」とのことだったので普通に人の食用のをたくさん買ってきた。

ちなみに「ニャってするって何だ？」と気になって聞いてみたら——「それは……ニャってするってことにゃ」と返ってきた。解せぬ。

「にゃ～（まずそれほしいにゃ。刺身捌いてる間につまんどくにゃ）」

タマはそう言って、肉球で鰹節を指し示す。

「了解。今削るからちょっと待っててな」

「にゃ（そんなの不要にゃ。タマに噛《か》めない硬さじゃないにゃ）」

マジか。鰹節っつったら世界一硬い食材としてギネスにも載ってるような代物だぞ？　と思ったが……爪があのダンジョンの壁をガリガリ削れるほど頑丈なら、歯だってそれ相応にめちゃくちゃ硬いと考えるのが自然か。

「ほい、じゃあこれ」

「ごろにゃあ～！（やったにゃ！）」

削ってない鰹節を一個そのままあげると、タマは喉《のど》をゴロゴロと鳴らしてからそれを頬張った。

カリカリと心地よい咀嚼《そしゃく》音を鳴らしつつ、無心で鰹節を噛み砕《くだ》くタマ。

「にゃ～ん！（旨味が凝縮されてて最高にゃ！　もっとほしいにゃ！）」

一尾捌き終える頃には完全に食べ終えたようで、タマは尻尾をピンと立て、次の鰹節をおねだりしてきた。

「ほいよ」

旨味が凝縮、か……。

そりゃまあ、鰹節といえば出汁《だし》を取るのに使うくらいイノシン酸が豊富に含まれてるんだから、塊をそのまま噛み砕いたらとんでもない濃度だよな。

願わくば俺もその食い方をしてみたいところだが、生憎《あいにく》俺の顎《あご》では鰹節になど比喩《ひゆ》抜きで歯が立たない。

あと二個ほど追加で鰹節をあげたところで、ようやく魚をひととおり刺身にすることができた。

「よし、じゃ一緒に食おうか」

「にゃ（はーいにゃ！）」

俺は皿に盛り付けた各種刺身をテーブルに持っていった。

タマがこのサイズのおかげで、ちょうどテーブルの高さが食べやすい位置になってるな。

「それじゃ、いただきます」

「にゃ（いただきますにゃ）」

まずはアマダイの刺身から、チョンチョンと醤油《しょうゆ》につけて口に運ぶ。

「……うまっ！」

と思わず口から言葉が飛び出すほどには、想像以上に美味《おい》しい刺身だった。

なんだこのプリプリ感は。築地で買う魚の刺身って……ここまで凄《すご》い食感なのか⁉

二口目、三口目と箸《はし》が進むのを止められない。

「にゃあ～！（最高にゃ～！）」

タマはマグロから食べたようで、嬉《うれ》しそうな笑顔で尻尾をユラユラと揺らしながらゆっくりと噛み締めていた。

「喜んでもらえて嬉しいよ」

今日はたまたまミナミマグロが入荷されていたとのことで、その大トロが恐ろしい値段で売りに出されていたんだが、このタマの表情を見られたなら奮発したかいがあったというものだ。

どれどれ……じゃあ俺は次、カマスいってみるか。

「……良いね」

あまり刺身で食べるイメージのある魚ではなかったが、これはこれで身が締まっていて食べごたえのある魚だ。

更にマグロ。ミナミマグロは今日はタマの分しか盛り付けてないので、俺が食べるのはキハダマグロの切り身だが……うん、これも十分美味しい。

鮮度が良いってだけでほんと別格なもんだ。

無我夢中で食べてたら、気付いた時には皿は空っぽになっていた。

「にゃ～！（美味しかったにゃ！）」

「だな。タマ、量は足りたか？」

「にゃあ（足りたにゃ。ちなみに栄養摂取って意味では、普通の猫くらいの食事があれば一応十分だにゃ。でもいくら食べすぎても問題ないから、美味しいものは食べられれば食べられるだけ嬉しいにゃ）」

満腹になったか聞いてみると……タマは詳細にそう語ってくれた。

なるほど……どんな胃の仕組みなのかは全く想像もつかないが、とりあえずそういうことなんだな。


食べ終わった皿の片付けが終わると……俺はバッグから一個、カプセルを取り出した。

実は今日の戦利品の換金の際、一つだけ売らずに手元に置くことにしたドロップ品がある。

それは、でっかい食虫植物みたいなモンスターを倒した時に手に入れた「スルー草」という薬草が入ったカプセルだ。

これを売らなかった理由は、まず単純に売価が低いからというのが一つ。

他のドロップ品はだいたいエナジーストーンかミスリルで、危険度Dのものでも一個あたり２００～３００円程度にはなったのだが、これは売っても10円にしかならないのだ。

スルー草は「スルー薬」という薬の原料になる薬草なのだが、この薬は医薬品として認可されていないため薬局などで流通させることができず、またダンジョン探索者にとっても特に有用なものではないため、どうしても値段がつかないのだとか。

そして売らなかった理由はもう一つあって、それは調薬してできる「スルー薬」の効果が自分にとって魅力的なものだったからだ。

その効果とは――「パワハラ発言を受けている時だけ、なぜか全く耳が聞こえなくなる」というもの。

まさに、ブラック社畜御用達の薬なのだ。

これがあれば、来週の平日が幾分か楽になるに違いない。

そのためにも、俺はこれからこの薬草を使って薬を作ろうと思う。

プロテイン君から聞いた話だと、スルー薬の調合は一般のご家庭にある調理器具で簡単にできるはずだとのこと。

調べてみると……製法は想像以上に単純だった。

「え……三十分煮込む、それだけ？」

なんと、鍋《なべ》に水と薬草を入れて三十分間沸騰させるだけで良いというのだ。

そんなお茶を沸かすみたいな要領で作れるんかい。

早速やってみよう。

サイトに書いてある分量の水を鍋に入れて火にかけ、沸騰したらタイマーをセットし、同時にスルー草を鍋に入れる。

吹きこぼれない程度の沸騰具合になるように火を調節したら、別の用事を済ませつつ三十分待った。

火を止めてから粗熱を取り、濾《こ》しながらガラスのボトルに入れると……赤い透明な液体が完成していた。

サイトに載っている画像と同じ色味なので、これで完成みたいだな。

「よっしゃ、完成！」

今回できたのは六回分。

純粋なスルー薬には殺菌作用があるため一か月は腐らず、一回飲んだら効果は十六時間持続するとのことなので……来週はこれを毎朝六分の一ずつ飲めばいいな。

などと思いつつ、ボトルの蓋《ふた》を閉めようとしていると……横からタマが顔を覗《のぞ》かせた。

「にゃ？（この薬……ちょっとおまじないをかけてもいいかにゃ？）」

何かと思えば、タマからそんな提案が。

「おまじ……ない？」

メイド喫茶で店員さんがオムライスにやってくれるアレみたいなもんか？

「うん……どうぞ」

よく分からないが、とりあえず俺は許可した。

すると、

「ごろごろ〜〜〜！」

タマはボトルの中の薬に向かって喉を鳴らした。

すると——思いもよらぬことが起きた。

なんと、ボトルの中の液体が一瞬虹色《にじいろ》に光ったのだ。

「え、えええ……!?」

まさか実際に薬に何か作用があるとまでは思っていなかったため、俺は面食らってしまった。

今は元の赤色に戻っているが……いったい何が起こったんだ。

「にゃ(前はただ都合よく耳が聞こえなくなるだけだったけど、これで耳が聞こえないのはそのまま、相槌《あいづち》のタイミングと言葉選びだけ完璧《かんぺき》に合わせられるよう改良したにゃ)」

困惑していると、俺が尋ねるより先にタマは効能を説明した。

ま、マジかよ。

あの一鳴きで、薬に追加効果を入れただと……?

確かに、猫の喉のゴロゴロ音には癒やしの効果があると言うが、タマにかかればそれが薬品への干渉にまでグレードアップするというのか……。

ともあれ、これはナイスすぎる改良だ。

一点だけスルー薬の使用に懸念点があるとすれば、それは「おいちゃんと聞いてんのか!」と余計に怒られそうなことだと思ってはいたが……その懸念点さえも払拭《ふっしょく》してくれるとは。

「タマありがとう～! 凄いよほんとに～!」

嬉しくなっちゃって、俺は何度もタマの頭を撫《な》でた。

「にゃあ～(このくらいお安い御用だにゃ～)」

これで来週の勤務はもう盤石だな。

しかも今後は、タマとの冒険という週末の楽しみもできたし……なんかちょっと、人生に希望を持てるようになってきた気がする。

第二章　奇跡の大バズ！　タマ、偶然超有名配信者を救う

それから五日が経《た》ち……俺は五連勤を終え、ようやく休日を迎えることができた。

今週の勤務について言うと、まずスルー薬を使ってみた感想としては「とにかく有用」の一言だった。

上役の罵詈雑言《ばりぞうごん》が聞こえないというただそれだけで、非常に精神的に穏やかに一日一日を過ごすことができたからだ。

何を言ってるかは唇の動きを読みでもしない限り全く分からないのに、ここだというタイミングの確信を持って「申し訳ございませんでした」とか「以後気をつけます」とかの言葉がスラスラ出てきたのは、なかなか不思議な体験だったな。

その効果は体調にも現れていて、いつもなら午後三時くらいには既にぐったりと倦怠《けんたい》感に襲われていたところ、今週一週間は午後八時くらいまでは割と元気に仕事できていた。

まあ、シンプルに労働時間が長すぎるせいで、最後の方はそれでもしんどくなったのだが。

それでも、一度使ったら二度とスルー薬なしの生活には戻れないってくらいの違いはあったので、スルー草のストックは常に切らさないようにしたいものである。

そして今週の勤務日数については、本来六連勤だったはずのところが金曜までの五連勤に変更と

なった。

これは昨日言い渡されたのだが、今週の土曜日については「最低ノルマの年あたり五日分の有休をどこかで消化しないといけないから」という理由で無理やり有休をねじ込まれ、急遽《きゅうきょ》出勤しないこととなったのだ。

会社側に勝手に有休を設定される点も、元々土曜日は休日出勤してるだけなのにそこで有休が消えるという点もバッチリ違法なのだが、ブラックに染まってしまった俺は「二連休になって嬉しい」って感覚になってしまっている。

慣れって怖い。

ともかく、そんな事情なので今週末は二日もタマと一緒にダンジョン活動ができるってわけだ。

具体的なスケジュールとしては、今日は先週と同じくダンジョンを攻略し、明日さいたま市支部にて正式に探索者登録を行おうと思っている。

迷宮協会HPで調べてみたら今日は試験が開催されないみたいだったからな。

「タマ、今日はどこのダンジョンに行きたい？」

「にゃ（最初は越谷《こしがや》でいいにゃ。どうせ本命の行き先は転移トラップで決めるからにゃ）」

出かける前、タマに行き先を尋ねると……すぐにそんな返事が返ってきた。

確かに、危険度が高いダンジョンには真正面から入れない以上、最初は越谷にするしか選択肢がないか。

厳密には危険度D以下のダンジョンならどこでも入れるのだが、他の地域のダンジョンにも転移トラップがあるかは不明だしな。

確実に転移トラップがあると分かっているダンジョンがあるのに、敢えて外す理由けどこにもないって判断だろう。

じゃあ今日のルートは……まずは転移トラップを踏む前に最低1体は食虫植物モンスターを倒してスルー草を確保し、それからタマが選んだ任意のダンジョンに行くって感じにするか。

急な有休のおかげでスルー薬はまだあと一回分残っているが、どうせ来週分全部は足りないのでどちらにせよ補充しないといけないからな。

ボス部屋からの帰還時に極力モンスターが現れないルートを選べたことを思えば、タマなら食虫植物モンスターの居場所を把握して、そこに連れていってくれるだろう。

「じゃ、行こっか」

「にゃ！（待ってたにゃ！）」

朝の支度が終わると、タマに声をかけ……玄関から外に出た。

そしていつも通りタマに乗ると、先週と同じ目にも留まらぬ高速移動で、俺は越谷のダンジョンまで運ばれた。


ダンジョンの入り口にて。

「……にゃ（……あっちにゃ）」

まずタマは数回ヒゲを揺らすと、確信を得たかのように小さく呟《つぶや》いた。

それから五分くらい歩くと……曲がり角を曲がったところに、例の食虫植物が。

「はっや……」

望んでいたとはいえ、まさか1体目にエンカウントするのがこの食虫植物になるとは思ってもみなかったので、そんな言葉が口をついて出てきてしまった。

ヒゲで居場所を把握したとはいえ、よもや1体も猿型に遭遇せずにピンポイントで食虫植物にたどり着くとは。

「にゃ（ほれ）」

前回といい今日といい、ほんと凄《すさ》まじいルート選定能力だな……。

タマは食虫植物にかずらを開かせる時間すら与えず、猫パンチで速攻を仕掛けペシャンコにしてしまった。

「にゃ（中身は確かにスルー草にゃ）」

「ありがと～！」

タマがカプセルをくわえて戻ってきたので、俺はそれを受け取ってバッグにしまった。

「にゃあ？（もう何個か集めた方がいいにゃ？）」

「そうだな……お願いしていいか？」

スルー草は一カプセルあれば一週間分にはなるんだが……毎回転移前にこのルーティンをやるのも面倒なので、今回まとめていくつか集めておくことに。

「にゃ！（もちろんにゃ。じゃあ次はこっちにゃ）」

タマは次の最短の食虫植物までの経路も把握できているようで、自信満々に歩みを進めだした。

それからも、だいたい五分に1体くらいのペースで、タマは器用に食虫植物だけを引き当てては猫パンチでカプセルに変えてゆく。

「にゃ？（今日はこれくらいでいいかにゃ？）」

「うーん、どうしよう」

「にゃあ（近場のは狩り尽くしたにゃ。次の食虫植物を目指すとほぼボス部屋手前までの移動になるにゃ）」

「じゃあ今日はここまでで」

計四個のスルー草カプセルを手に入れたところで、俺は今日のスルー草集めを切り上げ、転移トラップに向かうことに決めた。

もう一か月分の備蓄はできたので、そこまで遠くなるならこれ以上続けるのも違う気がしたからな。

「にゃあ～！（じゃあここからが本番にゃ！）」

実はずっとウズウズしていたのか、スルー草集めが終わりと聞いて笑顔で楽しげに鳴いた。

ルンルンとした足取りで進むタマの後ろを、俺は少し小走り気味になりながらついていく。

そのままダイレクトに転移トラップにたどり着くか、あるいは多少道中で猿やコウモリに会うか……などと思っていた俺だったが、次に目についたのはまさかのそのどちらでもなかった。

道の向こうの方に、忍者のような格好をした小鬼？　みたいなモンスターがいたのだ。

新しい敵だな。危険度Dなのでどうせ大した敵ではないだろうが、猿やコウモリよりは幾許《いくばく》か強いんだろうか。

気になるところだが……一瞬遅れて、俺はそのモンスターが手を出してはいけない相手だと気づいた。

というのも……忍者風小鬼には先客がいて、既に別の探索者が対峙《たいじ》していたのだ。

以前、迷宮協会内で「ＳＴＯＰ横取り！　～やめよう、他パーティーの戦闘への乱入～」みたいな標語のポスターも見かけたし、あれはスルーだな。

もし転移トラップにたどり着く前に別の場所で忍者風小鬼を見つけたら、そこでタマに戦ってもらおう。

そう思った俺だったが――しかし。

気づいたら、目の前からタマの姿は消えていた。

かと思えば、瞬《まばた》きの後には忍者風子鬼をペシャンコにしたタマの姿が。

忍者風小鬼の残骸《ざんがい》は透明になりながら姿を消し、代わりにカプセルが一つ出現する。

あー……やっちまった。

こんな形で横入りするなんて、絶対やっちゃだめなやつだよな……。

先週プロテイン君、「ダンジョン内では刑法がほとんど適用されないから、パーティー同士で獲物の取り合いになったら最悪乱闘になる」とか物騒なこと言ってたし。

優しい人であればそこまでは発展せず、ドロップ品に手を付けなければ許してくれるかもしれないが、だとしても非礼には変わりないだろう。

「タマ……それはやばいって」

「にゃ……（いやあれは……）」

とりあえず、何よりも急いで謝罪しないとな。

俺は走って先客の探索者に近づいた。

先客の探索者は、十代くらいに見えるかわいらしい女の子だった。

なぜかエレキギターを担いでいるが、楽器を演奏しながらダンジョンを探索している……という
わけではなく、おそらくメガネさん同様変わった固有武器で戦うタイプの人なんだろう。

少女は急にドロップ品と化した忍者風小鬼に目が釘付《くぎづ》けだったが、近くに来た俺たちに気づき、
おそるおそるといった感じでこちらへ振り向いた。

「大変申し訳ありません。うちの飼い猫のタマが気が逸《はや》っちゃったみたいでして……お嬢さんのタ
ーゲットを横取りしてしまいました。どうかご容赦を」

すかさず俺は、謝罪の言葉を口にする。

が……それに対し、少女は俺たちをきっと睨《にら》みつけてこう言った。

「飼い猫？　私を油断させようったってそうはいかないからね……！」

「……え？」

その言葉に、俺は拍子抜けしてしまった。

怒られるのは覚悟していたし、パワハラに慣れている俺にとってそんなのはどうということはな

いと思っていた。

が……「私を油断させようったってそうはいかない」って、この子はいったい何を勘違いしているんだ？

困惑していると、タマが俺に耳打ちした。

「にゃ～ん（タマもモンスターだと思われてるにゃ。そしてテツヤは、女の子を油断させるためにタマが作り出した『飼い主を名乗る幻覚』だと思われてるにゃ）」

……マジか。そいつは緊急事態だな。

そうなると、もう謝罪とか言ってる場合じゃないぞ。

誤解を解くとかは後回しにして、攻撃される前に今すぐここから逃げないと。

「急ぐぞタマ！　転移トラップに逃げるんだ！」

転移トラップは、大多数の冒険者にとってただの即死の罠《わな》だ。

流石《さすが》に転移先のダンジョンまで追いかけてくるということは考えられないだろう。

そう思い、俺は進んでいた方向へ必死で走りだした。

幸いにも、女の子に背後から攻撃されるようなことはなく……俺たちは無事転移トラップにたどり着き、別のダンジョンにワープすることができた。

◇◇◇［side：ギター持ちの女の子］◇◇◇

「ど～も～！　『レスポールさえも凶器に変える女』、旋律のネルで～す！」

タマと哲也《てつや》がダンジョンに入る三十分ほど前のこと。

越谷のダンジョンにて、１人の少女が生配信を開始していた。

彼女の名前は押入《おしいれ》ねる。

職業はダンジョンの攻略を配信する活動をメインに据えたアイドルで、たった今名乗った「旋律のネル」というのは配信者としての芸名だ。

彼女は動画配信サイト「ゲラゲラ動画」上に１６０万人ものチャンネル登録者を持つ、正真正銘の超有名配信者。

超絶美少女だというのはもちろんのこと、彼女には他のダンジョン配信者にはない人気の秘訣《ひけつ》が二つあった。

一つ目は、アイドル系のダンジョン探索者の中ではぶっちぎりで強いということ。

アイドルとしてダンジョン配信を行う者はたいていEランクあるいはDランク探索者で、あとはごくわずかにCランク探索者がいるくらいというのが相場なのだが、彼女はまさかのBランク探索者だ。

Bランク以上の探索者はもう完全なベテランの域で、戦利品の売却益だけで高収入を得られるので、そのほとんどは配信など行わず専業探索者として活躍している。

そうした棲《す》み分《わ》けの中、彼女だけはBランクながら配信業も兼業しているため、そのユニークさが評価されて多くの視聴者を獲得できているのだ。

ちなみに彼女は十七歳の高校生だが、その年齢でこれほどの強さに至った理由は彼女の固有特性にある。

彼女は「旋律の相棒」という固有特性を持っており、これは自身が愛用している楽器を一つ「絶対に壊れない無敵の武器」として転用できるという特性がある。

「旋律のネル」という芸名は、この固有特性から来ている。

愛用するエレキギターのレスポールをメイスの如く振り回すその戦闘スタイルも、注目を集める一因といって差し支えないだろう。

そしてもう一つの理由は、コメント返しが他のダンジョン配信者に比べ圧倒的に丁寧だというものだ。

普通のダンジョン配信者の場合、戦闘中は戦闘に集中しないと危ないため口数が減ってしまうのだが、彼女の場合はコメントに集中しながら片手間で戦闘しても余裕で勝てるため、他の配信者より活発に視聴者とコミュニケーションが取れるのだ。

「他の配信者は赤スパじゃないと見逃されるけど、ネルちゃんは普通のコメントでもたまに読んでくれるから」という理由で推し変したオタクも少なくないのだとか。

そこが人気の理由であるが故に、彼女はほとんどの配信において、危険度Dのダンジョンを拠点としていた。

ソロプレイヤーにとっての推奨攻略難易度は自身のランクより一つ下、すなわち彼女の場合は危険度Cとなる。

だが推奨難易度ピッタリだとどうしても戦闘中の口数が減ってしまうため、さらに難易度を一つ落とし、危険度Dを中心に回っているというわけだ。

今、越谷のダンジョンを配信拠点としているのも、例に漏れずそれが理由である。

「みんな朝から集まってくれてありがとね～！　それじゃさっそく、天才ギタリストの私がモンスターの悲鳴を奏でていくよ～！」

そう言って彼女は、撮影用の自動追尾浮遊三脚にセットした自身のスマホのカメラに向かって小さくガッツポーズした。


：おはよ～！

：ネルちゃん今日もかわいいよ！

：ギタ……リスト……？

：→お、新規か？

：囲め囲めー！


既に同接数は2.2万を超えており、彼女が定形の挨拶《あいさつ》をする間にも怒涛《どとう》のコメントが流れていった。

「お、新規さん？　いらっしゃ～い！　ゆっくり楽しんでいってね～！」

そんな中でも、彼女は新規リスナーと思われる人からのコメント（「モンスターの悲鳴を奏でていく」は配信開始時の決まり文句なので、そこにツッコむコメントは新規とみなされる）を目ざとく見つけ、反応を欠かさない。

前方からはマッドモンキーという猿型のモンスターが迫っていたが、彼女はモンスターの方に目を向けもしないまま、メジャーのエース級指名打者のようなスイングでギターを振り、猿の頭を吹き飛ばした。

「お、もう1体目か！　順調順調！」

：相変わらずのノールックで草
：悲鳴はどこいったんですかね
：瞬殺すぎて奏でれてないんだよなぁ
：フ　ラ　イ　ヘ　ッ　ド　革　命
：ホームラン王とギタリストの二刀流
：→ついでにアイドルも合わせて三刀流

「もぉ～、アイドルは『ついで』じゃないんだからね！」

カプセルを拾うとすぐまた画面に視線を戻し、彼女はコメントに的確なツッコミを入れていった。

その後も彼女はたびたびマッドモンキーに遭遇したが、彼女はカプセルを拾う時を除いて一度としてスマホの画面から視線を外すことなく、気配だけでモンスターの挙動を完全把握し、最適なタイミングでギターを振って全てを粉砕していく。

しばらく進むと出現するモンスターがマッドモンキーからヴェノムバットに変わったが、彼女がやることは特に変わらなかった。

ヴェノムバットは毒腺《どくせん》のある鋭い牙《きば》を持つ大型コウモリのモンスターだが、彼女からすれば動きはトロいので、先制で粉砕すればいいだけの話なのだ。

：つ、強《つえ》ぇ……
：他の配信者見てからここ来ると感覚バグる
：→それな
【¥10，000】：支援
：ナイスパ
：ナイスパ！

「わあああありがとうございますぅ！　まだボス戦でもないのにすみません……っ！」

赤スパが飛んでくると、彼女は嬉《うれ》しそうにお礼を口にした。

超有名配信者の彼女にとって、スパチャが飛んでくることなど日常茶飯事だったが、彼女は初心を忘れず毎回最大限喜びを表現することを心がけていた。

他のダンジョン配信者は戦闘中だと特に心のこもっていないお礼になりがちなので、そこも「投げ銭のしがいがある」と評判になる要素の一つだった。

通常のDランク探索者パーティーの三倍くらいのペースで、どんどん攻略を進めるネル。

その快進撃はボス戦まで、全てワンパンのまま続くかと思われた。

だが――事件は突然に発生した。

・相変わらず悲鳴皆無で草
・何も奏でてませんねぇ……

「おいおい、さっきからたっくさんレクイエム奏でとるやろがーい！　って……え？」

コメントにノリノリでツッコんでいた彼女だったが……突如として彼女は異様な雰囲気を察し、カプセル回収以外で初めてスマホの画面から視線を外した。

さっきまでの和気藹々《わきあいあい》とした様子は完全になくなり、今の彼女の表情は緊張でピリついている。

視線の先では……直径一メートルくらいの沼が出現し、そこから小鬼型のモンスターが出現するところだった。

全身が完全に沼から出ると、沼は自然消滅して元の乾いた地面に戻っていく。

現れたのはニンジャゴブリンという、本来であれば危険度Bのダンジョンの深層にいるモンスター。

通常であれば、こんなところに出てきていいはずがないモンスターだった。

ダンジョンは基本、危険度に沿った強さのモンスターしか現れないが、ごく稀《まれ》に危険度と乖離《かいり》したモンスターが出現することもある。

ダンジョンとは無関係の自然種のモンスターが紛れ込む、ワープ能力を持つ別のダンジョンのモンスターが転移してくる、そもそも危険度が変化する予兆であるなどがその主な原因だ。

ニンジャゴブリンは「ドロン」という長距離転移魔術を持っており、今まさに沼から出てきたのがその魔術なので、今回はワープ能力を持つ別のダンジョンのモンスターが転移してきたパターンだ。

そんな奴《やつ》がいるなら危険度なんてあってないようなもんじゃないかと思うかもしれないが、ワープ能力持ちモンスターが「他のダンジョンに行くために」その能力を使うケースはほとんどないので、これはかなり悪運を引いたケースと言っても過言ではなかった。

危険度B、それも深層の魔物となるとBランク探索者複数人でようやく討伐できる手強《てごわ》さであり、単独のBランク探索者ではほとんど勝ち目などない。

ここが危険度Bのダンジョンならまだ「たまたま他のBランクパーティーと合流できて助かった」みたいなケースもあり得たが、生憎《あいにく》ここは危険度Dのダンジョンのため、そのパターンにも期待できなかった。

まさに、絶体絶命のピンチ。

「ど、どうしよ……」

全力で逃げれば、まだ見逃してもらえる可能性もゼロではなかったが……普段実力相応の強敵と戦っていないことも裏目に出て、彼女は完全に足がすくんでしまった。

：やばいやばいやばい
：あ、オワタ……
：早く逃げて！
：→急所にクリーンヒットするワンチャンに賭《か》けたほうが良くね？
：確かに。ワープで回り込まれたらアウトやしな
：頼む生き延びてくれ!!

コメント欄も空気が一変し、皆彼女の無事を祈り始める。

コメント返しの達人も、今回ばかりはスマホの画面を見る余裕すらなかった。

もはや一巻の終わりか。

誰もがそう思った時……またもや予想外の事態が起きた。

背後から強烈な気配が放たれたかと思うと……次の瞬間、ニンジャゴブリンがペシャンコになったのだ。

圧倒的、瞬殺。

その芸当を成し遂げたのは……自分の身長をも超える、どう考えても現実とは思えないサイズ感の１体の巨大猫だった。

しかしニンジャゴブリンが消えてカプセルへと変わりつつある中、瞬《まばた》きをした後にはその猫の姿は消えていた。

「あれ……見間違い、かな？」

一瞬、彼女は先程の巨大猫が幻覚だったのではと考えそうになった。

だがそうだとしたら、ニンジャゴブリンが一瞬でスクラップにされたこととの辻褄《つじつま》が合わない。

おそるおそる、ぐるりと三百六十度見回すと……先程の巨大猫は、ニンジャゴブリンと自分を挟んでちょうど反対側くらいの位置に鎮座していた。

「い、いた……」

目の前の危機は去った。

が……彼女は先程までとは比べ物にならないくらいの絶望感に襲われていた。

ニンジャゴブリンが死んでくれたところで、代わりにニンジャゴブリンより遥《はる》かに強いモンスターが現れてしまったのでは意味がない。

ニンジャゴブリンであれば自分が4〜5人いれば勝てると計算もできたが、背後の存在は自分が何千人いれば勝てるのかも分からない。

いやそれどころか、いくら数を増やしたところで勝てる相手とも思えない。

あまりの絶対的存在感に、彼女は目を瞑《つぶ》って現実逃避したくなってしまった。

足が震えて動けなくなっていた彼女だったが……今度は巨大猫の後ろからなぜか1人の男が飛び出してきて、こちらに走って駆けつけてきた。

巨大猫も、それに続いてゆったりと走って近づいてくる。

「大変申し訳ありません。うちの飼い猫のタマが気が逸《はや》っちゃったみたいでして……お嬢さんのターゲットを横取りしてしまいました。どうかご容赦を」

男は自分と目が合うと――どういうわけか、信じがたい言葉を口にした。

ニンジャゴブリンを一瞬で押し潰した化け物を、あろうことか自分のペットだと主張し始めたのだ。

彼女は到底それを言葉通りに受け取ることができなかった。

(おそらく……あの男は私を油断させるために猫が作り出した幻覚ね)

「飼い猫？　私を油断させようったってそうはいかないからね……！」

とは言ってみるものの、油断しなかったからといってどうこうできる相手なはずもなく。

彼女は一歩たりとも動けなくなった。

(このまま私も、あのゴブリンみたいにペシャンコにされるのね……)

そう諦《あきら》めかけた彼女だったが……次の瞬間、事態はまた思わぬ方向に動いた。

「急ぐぞタマ！　転移トラップに逃げるんだ！」

男は訳の分からないことを言って、走り去ってしまったのだ。

巨大猫もそれに続いてどこかへ行ってしまった。

「え……？」

何が何だか理解できない彼女だったが……しばらくするとようやく危機が去った実感が湧き、彼

女は膝《ひざ》から崩れ落ちた。

：よ、良かった……！
：助かったってことでいいんだよな？
：とりあえず、ヨシ！
：ネルちゃんおつかれ～！！

そしてもうしばらくして、配信の途中だったことを思い出した彼女は、スマホの画面に向けてこう言った。

「み、みんなおつかれ～。今日はもうこれ以上攻略できる気分じゃないから配信終わるね。ごめんね～」

【￥5，000】：おつかれ～！
【￥12，000】：謝ることじゃないよ
【￥10，000】：そうそう！
【￥8，000】：助かってくれて良かった！
【￥50，000】：また今度楽しみにしてるよ！

配信終了を宣言すると怒涛《どとう》の投げ銭が飛んできたので、それらに一通りお礼コメントをし、彼女は終了ボタンを押下した。

取り急ぎニンジャゴブリンのドロップ品だけ回収すると、その場にへたり込んで水分補給をしながら五分ほど心を落ち着かせる。

冷静になってくると……彼女はニンジャゴブリンを瞬殺した猫の正体が気になり始めた。

「本当に誰かの飼い猫だったのかな……。だとしたら、助けてもらったのに悪いことしちゃったな……」

などとブツブツ呟《つぶや》きつつ、たまにエンカウントするヴェノムバットやマッドモンキーを粉砕しながら彼女は地上を目指した。

あの猫と飼い主さんの居場所が分かったら、即刻お礼と謝罪をしに行こう。

この日彼女は、家に帰る途中、そんな決意を固めたのだった。

◆◆◆（掲示板にて）◆◆◆

【旋律のネル】レスポールでぶん殴るスレ80【配信】

281：名無しのリスナー

始まった

282：名無しのリスナー
ネルちゃんかわいい　見る天使

283：名無しのリスナー
＞＞282　聞く天使とか食べる天使とかあるんですかねぇ……

284：名無しのリスナー
＞＞283　聞く天使なら、モンスター粉砕ＡＳＭＲとか？

285：名無しのリスナー
草

286：名無しのリスナー
言うほどＡＳＭＲか？

287：名無しのリスナー

「モンスターの悲鳴を奏でていく」とか言う割にだいたい悲鳴を上げる間もなく粉砕してるしな

288：名無しのリスナー
＞＞287　細けぇこたぁ気にすんな

289：名無しのリスナー
相変わらずのノールック打法で草生える

290：名無しのリスナー
頭かっ飛んだなあ……

291：名無しのリスナー
チュニドラに欲しい逸材

292：名無しのリスナー
野球やってたらOPS《オプス》1.1くらいありそう

293：名無しのリスナー

ＯＰＩも1.2くらいありそう

２９４：名無しのリスナー
＞＞２９３　ネルちゃんをそういう目で見る奴《やつ》は親でも○す

２９５：名無しのリスナー
怖……

２９６：名無しのリスナー
＞＞２９５　すまんな

２９７：名無しのリスナー
＞＞２９６　ええんやで

２９８：名無しのリスナー
や　さ　し　い　せ　か　い

２９９：名無しのリスナー

やさいせいかつ

３００：名無しのリスナー
ヴェノムバット出てきた

３０１：名無しのリスナー
なんでもう出てくるんですかねぇ……

３０２：名無しのリスナー
他の配信者とペース違いすぎて草生える

３０３：名無しのリスナー
これぞネルちゃんクオリティ

３０４：名無しのリスナー
なぜあんな変則的な飛び方する奴を見向きもせずクリーンヒットできるのか

３０５：名無しのリスナー

後ろに目がついてるんだろ

306：名無しのリスナー
ファッ⁉

307：名無しのリスナー
流れ変わった

308：名無しのリスナー
なんでニンジャゴブリンがおるん⁉

309：名無しのリスナー
ドロンやな　Bランクダンジョンから飛んできたんやろ

310：名無しのリスナー
なんでよりによってネルちゃんの前に……

311：名無しのリスナー

危険度Bやろ？　ネルちゃんなら勝てるやろ

312：名無しのリスナー
＞＞311　危険度BはBランク複数人と同レベルやぞ

313：名無しのリスナー
は？　詰んだやん……

314：名無しのリスナー
⁉

315：名無しのリスナー
なんか潰《つぶ》れてて草

316：名無しのリスナー
よかおめ　助かったやん

317：名無しのリスナー

でもなんでニンジャゴブリンを殺《や》れる奴がここに？

318：名無しのリスナー
あっ……

319：名無しのリスナー
何あの猫

320：名無しのリスナー
自然種か？

321：名無しのリスナー
だとしたら詰んでね？　ニンジャゴブリンを瞬殺できるモンスターとか勝てるわけないやん

322：名無しのリスナー
ニンジャゴブリンならまだワンチャンあったけどなあ……

323：名無しのリスナー

なんか人が出てきた

324：名無しのリスナー
謝ってる……？

325：名無しのリスナー
飼い猫か？

326：名無しのリスナー
＞＞325　なわけなくて草
ニンジャゴブリン倒せる猫とかいるわけないし、まずサイズおかしいやろ

327：名無しのリスナー
幻術か……？

328：名無しのリスナー
あ、なんか走ってった

３２９：名無しのリスナー
え、ガチで飼い猫だったパティーン？

３３０：名無しのリスナー
だとしたら何者だよ……

３３１：名無しのリスナー
ワイ現役Ａランク探索者やけど、あんな化け物知らんぞ……

３３２：名無しのリスナー
今日の切り抜きはここで決まりや　絶対バズるぞ

３３３：名無しのリスナー
間違いねえ

３３４：名無しのリスナー
とにかくネルちゃんが無事で良かった！

３３５：名無しのリスナー
なあ、今アーカイブ見返してたんやけどさ……あの猫飼ってる男、「転移トラップに逃げるんだ！」つってるよね？
俺の耳がおかしいのかな

３３６：名無しのリスナー
ほんまや草
どういうことやねん

３３７：名無しのリスナー
ワイが聞いてもそうとしか聞こえんのやが
あの即死トラップを逃げ場扱いとかどういう思考回路してんねんw

３３８：名無しのリスナー
ますます謎は深まるばかりだ……

◇◇◇

日曜日の朝。

予定通り、俺は探索者登録を行うため迷宮協会さいたま市支部に向かうことにした。

ちなみに今日は、戦利品の売却は行わない。

なぜなら、特に売るものがないからだ。

昨日あの後どうなったかの流れをざっくり説明すると、まずワープした先は奇《く》しくもまた見知らぬダンジョンのボス部屋だった。

そこで現れた敵を倒すと、ドロップしたのは「時戻しの豆」という、そら豆みたいな見た目の豆だった。

調べたところによると、この豆は「モンスターからの攻撃で受けた負傷や状態異常に限り、食べたら直近三十分のダメージを全てなかったことにできる」という効果を持つ、ちょっと変則的な回復アイテムとのこと。

タマは「使う機会など来させないので売ってしまえば良い」と言うが、それでも俺としてはせっかくなら万が一の時のために持っておきたいと思ったので、これは鞄《かばん》の底にしまったままにするつもりだ。

今回はボス部屋が「ボスを倒すと地上に強制帰還させられる」仕様だったため、転移後のダンジョンの戦利品はそれだけだ。

そして越谷のダンジョンでは、食虫植物以外何も倒していない。

結局戦利品は全部手元に残したいものばかりなので、今回は何も売却しないのである。

「タマ、そろそろ出かけるぞ～」

「にゃー（はーいにゃ！）」

家を出る時間になり、タマに声をかけると、タマの返事と共に何十本もの鉛筆がコロコロと転がる音がした。

なぜかというと——タマがマークシートを塗るために、それだけの鉛筆を念力で動かしていたからだ。

ここ数日、タマは念力で筆記用具を動かし、文字を書いたりマークシートを塗ったりする練習に励んでいた。

何しているのか聞いてみたら、「もし自分が試験を受けられるなら申請用紙を記入したり、試験問題を解けるようになりたいにゃ」とのこと。

俺も探索者になりたいタマ自身が試験を受けるならその方が筋だと思ったし、その上俺なんかが受けるよりタマの方が高得点を取れるのは間違いないと思ったので、ぜひ頑張ってと応援することにした。

最初は鉛筆一本を動かして字を書いたりしていたが……昨晩あたりからは「過去問の解が思い浮かぶスピードに筆記速度が追いつかないにゃ」とか言いだし、複数本の筆記用具を同時使用しだして今やこれだ。

試験は一次の適性検査と二次の実力試験があるが、今のタマなら一次は開始三秒で満点を取ることすら可能だろう。

「タマ、この場所までお願いしていいか？」

「にゃ～ん（まかせるにゃ）」

スマホの地図検索画面を見せつつお願いすると、タマが連れていってくれることになったので移動開始。

あまり人目につかないよう、協会支部近くの裏路地で降ろしてもらうと、そこからは歩いて協会の建物へ向かった。

建物に入ると、俺たちは新規探索者登録のブースへ。

受付の横に備え付けてある申請用紙にタマが念力で必要事項を記入し、それが終わったらカウンターにいる職員にそれを手渡した。

職員は顔も上げずに申請用紙に目を通すと……怪訝《けげん》な表情でこんなことを尋ねてきた。

「あの、『姓』が空欄で『名』に『タマ』とだけ記載されてますが、これはいったい……？」

ああ、そこか。

そりゃそうだよな。

ペットが探索者登録するなんてケース、俺ら以外にないだろうし。

「探索者になりたいのは俺じゃなくて飼い猫のタマなんです。だから氏名にはタマの名を書いてありますし、試験もタマに受けさせてほしいんです」

俺はそう言って、備考欄の記載の意図を説明した。

すると……職員は顔を上げ、タマと目が合った後、何か合点がいったかのように手をポンと叩《たた》いた。

「ああ！　お客様、あの話題の巨大猫の飼い主様でいらっしゃるんですね！」

……へ？

一瞬、俺は何を言われているのか分からなかった。

話題の……巨大猫？

飼い猫が戦うとしか言ってないのに巨大猫の飼い主だと特定されたのも訳が分からないし、タマが今話題だなんてもっと意味不明だ。

いったい何がどうなっているのやら。

「飼い猫は確かに巨大ですけど……話題ってどういうことですか？」

逆に俺はそう質問し返した。

「え……飼い主さんなのに知らないんですか？　……昨日、お宅の猫ちゃんがニンジャゴブリンを瞬殺したのは心当たりありますよね？」

「ニンジャゴブリン……名前は初めて聞きましたが、忍者みたいな見た目の小鬼は確かに、はい」

「あれ、アイドルの配信に映り込んでたんですよ。その放送が切り抜かれて、今絶賛大バズり中なのですが、その様子ですとご存じないみたいですね」

それを聞いて……俺は背筋が凍った。

そういえば、昨日のあのギターを担いだ少女……あれアイドルだったのか⁉

だとしたらマズイぞ。アイドルが倒すはずだった魔物を横取りしてしまったなんて、そんなのめちゃくちゃ炎上するに決まってる。

「はぁ……ついてないなあ俺……」

「どうして落ち込まれるんですか⁉　お宅の猫ちゃん、今大人気なのに！」

「え……人気なんですか？　アイドルの獲物を横取りしてしまったのにですか？」

「横取りって……あのですね、ニンジャゴブリンは本来危険度Bのダンジョン深層にいるモンスターですよ。それがなぜか、昨日は危険度Dのダンジョンに転移してきてたんです。そのイレギュラーをサクッと片付けたんですから、お宅の猫ちゃんは今やアイドルを救った英雄ですよ⁉」

と思いきや……どうやら事情は全然違ったようだ。

マジか。あれ、そんなピンチな状況だったのか。

じゃあオメガ・ネオの時と同じで、あれは別に横入りして倒して問題ない敵だったわけだ。

早とちりしてすまなかったな、タマ……。

まああの時と違って、アイドルには俺も含めモンスターだと誤認されてしまっていたので、逃げ出さざるを得ない状況だったのには変わりなかったが。

「そうだったんですね。安心しました！」

俺は胸を撫《な》でおろしつつそう言った。

「で、タマの受験は問題ないんですよね？」

話が完全に逸《そ》れてしまっていたので、俺はそう尋ねて話題を軌道修正する。

すると……職員の表情はそこで曇ってしまった。

「大変申し訳ないのですが、この申請書は受理できかねます。というのも……探索者登録ができるのは人間だけなんです。申請者氏名は飼い主様のものである必要がございますし、試験も一次の筆記だけは飼い主様のリテラシーを測定する必要がありまして……融通できるのは、パートナーとして二次の実技試験をタマちゃんに受けていただくくらいとなります」

なんと——まさかのタマ1匹での受験はＮＧとなってしまった。

ま、マジかよ……。

それは完全に想定外なんだが。

タマだってあんなに準備してたのに。

「にゃあ、ごろにゃー（まあ、それなら仕方ないにゃ。タマももしかしたらと思って準備してみただけだし、別にタマからすればダンジョンに入れれば誰名義の探索者証かはあまり関係ないにゃ）」

そういえば……タマ、今思い出してみれば「もし自分が試験を受けられるなら」って言い方してたな。

タマとしては「確証はないがとりあえずできることはやっておこう」程度の気持ちだったのに、俺がそれを既定路線だと勝手に早とちりしてしまっていたってことか。

申し訳ない。

「そうなんですか、すみません。では、残念ですが俺が……」

俺は申請用紙を自分で書き直し、職員に提出した。

職員はそれを受理し、手続きを進めだした。

「ではこちらが受験票になりますので、おかけになるかお近くでお待ちください」

「ありがとうございます」

受験票を受け取ったら、職員が指し示した待合室へ向かう。

出鼻は挫《くじ》かれてしまったが……まあとりあえず、一番肝心の実力試験はタマの力を見てもらえることになったんだ。

気持ちを切り替えて、一次は頑張ろう。

◇◇◇

二十分くらいして、時間になると……俺は係員に連れられ、待合室にいた他の新規登録者と共に別室に移動した。

別室は大学の講義室みたいな部屋で、受験票に書かれていた番号の席に座って待っていると、係員が1人1人に冊子を配りだした。

これが一次試験、適性検査の問題か。

まあ適性検査っていうくらいだし、教習の運転適性検査みたいに簡単な算数の問題や性格診断の問題とかに答えて、まともな判断力があるのを示せればいいんだろうな。

オメガ・ネオのみんなと試験の話題になった時、メガネさんは「一次試験はぶっつけ本番で解けるだけ解けばいいいと思います。本命は実技なので」（※「……ス」をタマが訳した）みたいに言ってたし。

というか、俺はタマが受ける前提で何も試験勉強などしていないので、そうでないと困る。

まあ最悪、表紙を見る限り試験はマークシート方式なので、当てずっぽうでも塗るだけ塗っておけば、二十五点は取ることができるだろう。

そんなことを考えていると、係員が試験開始の合図をした。

「制限時間は一時間です。では……始め！」

それと共に、一斉に他の受験者が表紙をめくる音が聞こえてくる。

俺も負けじと表紙を開き、最初の問題に目を通し始めた。


——それから一時間後。

結果は……散々だった。

まず、実力で解けた問題は一問たりともなかった。

一応実際にダンジョンに潜ったこともある身だし、ある程度は一般常識で解けるものと思っていたのだが、そんなことでどうにかなる難易度ではなかったのだ。

いやこれ、ちゃんと参考書と問題集で勉強して過去問も対策しないとどうにもならないタイプの試験だろ。

何が「ぶっつけ本番で解けるだけ解けばいい」だよ。

いや……待て。そういえばメガネさんのこと、自己紹介の時にプロテイン君がサラッと「旧帝卒」って言ってたか。

平均的な必要な勉強時間を調べもせず、メガネさんと自分の地頭の差も考慮しなかった俺が馬鹿だった……。

運で二十五点くらいは点数が取れたかというと、それもだいぶ絶望的だったし。

というのもこの試験、そもそも選択肢が六択な上に、ほとんどの問題が「当てはまるものを全て選びなさい」形式だったのだ。

これでは当てずっぽうで取れる点数など雀の涙だろう。

どのランクからのスタートになるかとか以前に、本当に今回合格できるんだろうか。

予想以上に厳しい出だしに絶望しかけた俺だったが、「一次を突破しないと二次の実技に行けない」わけではなく、「一次と二次の総合点で合否やスタートランクが決まる」形式のようなので、一応実技試験も受けて帰ることに決めた。

奇跡的に六択が多少上手《うま》く合ってる問題もなくはないかもしれないし、そこにタマの実技の成績が加われば、当落線上での合格くらいはできるかもしれないからな。

諦《あきら》めるのはまだ早い。

実技試験は施設に隣接するグラウンドで行うとのことだったので、俺はタマと一緒にそのグラウンドで待機した。

しばらく待つと、実技試験の試験官がやってきた。

「皆さんお揃《そろ》いですね。……おお、噂のあの猫ちゃんが。生で見ると迫力が凄《すご》いですね……」

試験官は全員を見渡した後、俺とタマの方を二度見しながらそんなことを呟《つぶや》いた。

「動画は拝見しました。あれほどの実力者なら、さぞ高い点数を叩き出してくれることでしょう。期待してますよ」

ごめんなさい、筆記はクソミソです。

試験官に認知されていることも相まって、俺は余計にいたたまれない気持ちを味わわされてしまった。

「それでは受験番号の早い順に始めさせていただきます。A001の方……！」

そうこうしているうちにも、早速試験が始まる。

みんなが何番なのか知らないのではっきりとは分からないが、今回の試験にはギリギリで滑り込んだ形だったし、筆記試験の時も後ろの方の席だったので、おそらく俺の順番はかなり最後の方だろう。

試験内容は大きく分けて二つ、「試験用ゴーレムと戦う」と「空中を縦横無尽に飛び回る的を制限時間内にできるだけ多く落とす」があり、受験者はどちらか得意な方を選んで挑めばいいみたいだった。

「なあタマ、どっちやる？」

「にゃあ（ゴーレムと戦うにゃ）」

「では最後の方どうぞー！　あ、いよいよ例の猫ちゃんですね」

タマと喋《しゃべ》っていると俺たちの番が来て、試験官から声がかかった。

「どちらの形式を選択されますか？」

「ゴーレムと戦う方で」

「かしこまりました。では準備ができたらお声掛けください！」

「いつでもＯＫです」

「では……始め！」

そして試験官が合図すると、ゴーレムが動き始めた。


戦いが始まると……まずタマは、ヒゲを揺らしながらゴーレムの様子を窺《うかが》った。

いつも通り猫パンチで倒すか、それともシリウスドラゴン戦みたいにひっかきで一刀両断するか。

と思ったが……タマは特に動かないまま、なぜかゴーレムが空中に浮かび始めた。

これは……念力か？

業務用冷凍庫の運搬の時に見たやつ。

しかしなぜ浮かせる必要が……？

「え……え？」

思ってもみない現象に、試験官も思わずゴーレムを二度見する。

「あれああ見えて四トンくらいあるんだが……あんな軽々と浮くか……？」

試験官は首をかしげながら、ぽろりと疑問を呟いた。

あいつそんなに重いのか。

タマの念力の最大出力がどの程度かは分からないが……少なくとも今は、全然限界には程遠い力しか出してなさそうな様子だな。

して、いったいタマはゴーレムを浮かせて何をしたいのか。

疑問に思っていると、唐突にタマは左前足を上げ、それから振り下ろした。

すると——次の瞬間、ゴーレムが大爆発し、轟音《ごうおん》が鳴り響いた。

「うおっ⁉」

あまりの音量に、俺は咄嗟《とっさ》に耳を塞《ふさ》いだ。

ひっかきを選んだか。

それは良いとして……斬撃を飛ばしただけで、あんなえげつない大爆発を起こすなんて聞いてないぞ。

いったいどういう原理だよ。

ふと振り返ってみると、試験官が口をあんぐりと開けたまま固まってしまっていた。

「「「は……？」」」

他の受験者たちも皆、目ん玉が飛び出さんばかりに驚いている。

数秒の静寂の後、試験官はかすれ気味の声でこう続けた。

「嘘だろ……。全身木っ端微塵《みじん》って……動力源までぶっ壊すとかあり得ないぞ……！」

ん……どういうことだ？

俺は試験官の物言いがちょっと気になった。

確かに、切断しただけで塵《ちり》と化すのは、ちょっと考えられない現象だ。

もしあれがただひっかいただけの効果ではなく、ひっかきで動力源を爆発させたことにより二次的に爆発を起こしたのだとしたら、その方が辻褄《つじつま》は合う。

だが……動力源が壊れるというのは、試験官が「あり得ない」と言うほど特別なことなのだろうか。

「一点伺ってよろしいでしょうか？」

「え、ええ……どうぞ」

「動力源が壊されるのって、そんなに変なんですかね……？」

すると……試験官は何度か深呼吸した後、後頭部をぽりぽり掻《か》きながらこう説明してくれた。

「試験用ゴーレムの動力源はですね、高度損壊回避機構によりダメージが異次元に飛ばされる構造になっているんですよ。ですので通常は、いかに攻撃力が高かろうと、たとえ初手Aランクになれるほどの逸材だろうと動力源だけは破壊できるはずがないんです。それを破壊するって……ちょっと何ていうか、もう文字通り次元が違いますね」

ええ……そんなエグいことだったのか。

確かに、あんな派手に爆発するものが簡単に壊れたら危険すぎるし、おそらくは安全上の理由で動力源だけでも手厚く保護されてたんだろうな。

そしてタマは、その保護を無視して全てをぶった切ってしまったというわけか。

しかしそうなると……一個だけ懸念点が出てくるな。

「あの……それってやってしまって良かったんですかね？　弁償とかって……」

他の受験者にもゴーレムを一部破壊する者はいたので、ゴーレムの破壊自体が問題になることはないはずだ。

しかし動力源は話が別で、壊すと怒られる代物だったらどうしよう。

せめて、時戻しの豆を売却すればそれで全額払える程度ならまだいいのだが……。

「ああ、それはお気になさらず。動力源の高度損壊回避機構は協会内に生産体制があるので、正当な運用の上で壊れる分には全く問題ございません。むしろ、壊さないために力を出し惜しみして、本来の実力が測れない方がまずいですから……。ただ、壊れるなんて前代未聞ですが……」

と思ったが……どうやらその心配は杞憂《きゆう》なようだった。

「すみません、ご迷惑をおかけして」

「いえいえ、とんでもないです。試験はこれにて終了です」

「ありがとうございました」

それでも仕事を増やしてしまったことには変わりなさそうなので一応謝っておき、試験は終了することとなった。

「では、後ほど結果をお知らせしますので待合室でお待ちください」

試験官の指示により、他の受験者たちは皆、待合室の方に戻っていく。

「タマ、凄いじゃないか……！　実技の点数はＭＡＸに違いなさそうだな！」

弁償の懸念が払拭《ふっしょく》されたなら、タマの偉業を心置きなく褒められる。

「にゃあ（物を壊すのはアレだけど、一次の分を取り返すにはこうしかないと思ったにゃ）」

「くぅ～、それを言われると弱いなぁ～……」

タマの頭を撫《な》でつつ、そんなやり取りを繰り広げながら、俺もみんなと同じく待合室の方へ戻り、結果を待った。


待合室に戻ってから、一時間ほど経《た》った頃。

「木天蓼《またたび》　哲也さん、どうぞ～」

ようやく受付の係員に呼ばれたので、俺はカウンターに向かった。

「まずは試験、お疲れ様でした」

カウンターにて、係員は労《ねぎら》いの言葉を口にしつつ……一枚の紙と一枚のカードを、どちらも字が俺の方を向くように並べて目の前に置いた。

「それでは結果をお伝えしますね。まずは試験の結果ですが……えー……木天蓼さんの成績は一次試験が〇点、二次試験が満点の五十点でした」

紙に記載されている採点結果欄を指しつつ、係員はそう続けた。

うっわマジか。

超低得点は覚悟していたが、まさかの適性検査は〇点だったとは。

「ほんと、ごめんタマ……」

「にゃあ（気にしちゃだめにゃ。タマはいつでも五十点の二次の結果を再現できるにゃ）」

俺が謝罪の言葉を口にすると、タマはそう言ってスリスリしてくれた。

いつもなら気持ちいいはずのそれが、今ばかりは己の不甲斐《ふがい》なさを掻き立てる。

「いやー、私もこの仕事を始めて結構経《た》つんですが……こんな極端な成績を目にするのはこれが初ですよ。『一次は満点だけど二次はからっきし』みたいな頭でっかちタイプは極稀《まれ》に見かけますが、逆パターンはね……」

「すみません。元々迷宮とは何ら関わりない生き方をしてたんですが、タマがダンジョン探索をしたいというので、急遽《きゅうきょ》探索者を兼業することになりまして。準備できないまま受けてみたら思ったより難しかったです」

あまりにも係員に物珍しそうに見られて恥ずかしかったので、俺は精一杯の言い訳をした。

「なるほどそんな事情が……。ペットを信頼されているのは素晴らしいことですが、それはそれとして、ゆっくりでもいいので自分の身を守るためにも基礎知識くらいは押さえていってくださいね」

うん、それは肝に銘じておこう。

とはいえ実際ちゃんと勉強できるのは、結構先のことになりそうな気もするがな。

ここ一週間、兼業探索者として過ごしてきて分かったことが一つある。

それは、副業やってる奴《やつ》は化け物だということだ。

仕事から解放され、プライベートの時間になってまで自己研鑽《けんさん》に励むなど、並大抵の精神力じゃ到底無理なんだよな。

先週の平日は、本格的に探索者をやっていくにあたって色々知識を仕入れた方が良いと思い、「全国のダンジョンの危険度や特徴とか、少しずつ調べていこう」と毎朝決意していたはずなのだが……結局仕事終わりにはそんな気力は完全に削《そ》がれていて、気づいた時にはスマホで野球速報の動画だけ見て寝てしまっていた。

そしてその結果が、一次試験でのこのザマだ。

意識が低いと言われれば返す言葉もないが、それでも俺は普通こんなもんだと思う。

最悪の場合、今の仕事をやめて専業探索者になるまでロクに勉強しない可能性もゼロではないだろう。

いや何なら、俺みたいな凡人にはそのルートが一番濃厚だ。

——なんてことを思っていると。

「そして肝心の合否判定ですが……残念ながら、木天蓼さんはギリギリ試験合格となります」

なんと、まさかの探索者の資格自体は得られることが決まってしまった。

あんな成績にもかかわらず。

——っておい。

残念ながらとは何だ残念ながらとは。

いくら一次が散々だったからといって、その言い草はないだろう。

俺は係員の言葉にムッとしそうになるのを堪《こら》え、こう質問した。

「どうしてそんな不合格になってほしそうな言い方を？」

「探索者登録試験、合格してしまうと再試験を受けられないんですよ。木天蓼さんのようにペーパーテストのみが優れない方の場合は、不合格になって一週間くらい猛烈に頭に叩《たた》き込《こ》んでから再挑戦すれば、より良い点数で合格し、高ランク探索者としてスタートできる可能性もありました。しかし……受かってしまった以上は、規定上そういう立ち回りは許されず、木天蓼さんはDランクからスタートすることとなります。これはむしろ木天蓼さんにとっても機会損失かと」

すると係員は、理由を丁寧に説明してくれた。

なるほど、確かにそう言われれば「残念ながら」と言えなくもないな。

もっとも、本業を続けているうちは大して勉強できないであろうことを考えると、ここで受かったことが言うほど機会損失かと言われればそんなこともない気がするが。

低いランクであってもとりあえず受かっておけば、実績を重ねればいつかは上に行ける。

だが、今回落ちていたとしたら、試験に再挑戦するまでの期間の実績は全てカウントしてもらえないことになる。

自分はさして頭の良い方ではないし、たとえ適性検査にリベンジしてある程度の結果を残せたとて、どっちが早いのかは正直なんとも言えないところだろう。

てか……そもそもDからなら、全然低いスタートじゃないじゃないか。

プロテイン君の言い方だと、「だいたいの初心者のスタート位置」の中では最上位のはずじゃ？

よくそこからスタートにしてもらえたよな、むしろ。

この係員、俺の一次が良ければどこからスタートする想定で考えてるんだろうか……。

「そういうことですか。でも、Ｆとかではないんですね」

「一次〇点、二次五十点で総合得点五十点というのはあくまで合否判定に用いる点数の話で、ランク判定では多少二次の実技側に傾斜がかかりますからね。本当に珍しいパターンですが、今回の木天蓼さんみたいに『ぎりぎり合格かつ中堅スタート』というのは全く不可能な話ではないです」

「なるほど」

そんな制度になってるのか。

こうなるとますます、一次の分まで取り返そうと頑張ってくれたタマに感謝だな。


などと考えていると。

係員は、こう言って話題を変えた。

「さて、問題はここからですが……木天蓼さんに一つ朗報があります」

「……朗報？」

合否もランク判定も聞いた今、他に伝えられることなど何もない気がするが……一体なんなんだろう。

係員はこう続けた。

「今回の試験の結果としては、実技を満点の五十点とさせていただいておりますが……実際に見せていただいた戦闘能力は、試験では測りきれない圧倒的なものでした。初期ランクは点数によって基準が設けられているので、そこで特別扱いすることはできないのですが……何とかして実力に見合う評価ができないか考えた結果、木天蓼さんには一つ、特例措置を設けることとなりました」

「と、特例措置？」

思ってもみない展開に、思わず俺はオウム返ししてしまった。

「はい。今回、木天蓼さんには特別に『国境なき探索者』の特権が付与されることとなりました。

……そのご様子ですとどういう権限かご存じないですね？」

「……お恥ずかしながら」

名前を聞いてもピンと来ないでいると、表情から係員にそれがバレてしまったようだ。

係員はこう解説してくれた。

「国境なき探索者は、パスポートなしで税関も通ることなくどんな国・地域にも出入り可能な権限です。かなり強大な、かつ国際的に有効な権限ですので、Aランク以上の超ベテラン探索者でも取得が難しい権限なのですが……木天蓼さんの飼い猫には高速移動手段があること、国外の緊急事態にも対応しうる実力があると推察できることから、この度はこちらの権限を付けさせていただくことにしました」

与えられた権限は、比喩《ひゆ》なしで文字通りのとんでもない特別権限だった。

マジか。なんかしれっとランクが霞《かす》むオマケがついてきてしまったんだが。

ゴーレムの動力源破壊って、ここまで厚遇されるほどのえげつない実績だったのか……。

実際タマが海上でも高速移動できるのかはなんとも言えないが、タマならまるでダイラタンシー流体の上を走るが如く海をあのスピードで走れてもおかしくない気もするし、もしかしたら今後本当に気軽に海外を旅行したりできるようになるのかもしれないな。

個人的には、これを活かしてメジャーリーグのワールドシリーズ決勝戦とか現地観戦したいものだ。

そういうことのために与えられた権限ではないことは重々承知だが、前日にアメリカのダンジョンを攻略しにでも行っておけば、一応の言い訳は立つだろう。

「色々と便宜を図ってくださりありがとうございます」

「いえいえ。私たちだって、才能ある者を燻《くすぶ》らせたくはありませんから」

俺はお礼を言いながら試験結果通知の紙をバッグに、探索者証のカードを財布にしまった。

これで終わりかと思いきや……係員はカウンターの下を何やらごそごそして、スマートウォッチのような見た目のものを一つ取り出した。

「最後になりますが、こちらがステータス確認・更新用のデバイスとなります。もしかしたらご存じないかもなので念のためご説明しますが、モンスターを討伐すると、その難易度に応じたスキルポイントが手に入ります。このデバイスは、探索者の魂を解析してスキルポイントを数値化したり、ポイントを消費してスキルスクロールの魔法陣をダウンロードし、スキルを習得したりするのに使えるんです」

「なるほど」

どうやらスマートウォッチ風の装置は、探索者の成長をサポートするためのグッズのようだった。

「ありがとうございます、こんなものまで頂いてしまって」

早速俺はステータス確認・更新デバイスを左腕に装着した。

「いえ……こちらは合格者全員に支給しているものですので……」

なんだ。国境なき探索者の話の後に渡されたから、これも特別待遇の一環かと思ったら違ったのか。

まあ、その方が期待の圧を感じないで済むのでありがたいとも言えるが。

今もいくらかスキルポイントが貯《た》まっているようだが……現状タマが勝てない敵に会ったこともないし、何に使うかを考えるのは後回しでいいか。

「色々とありがとうございました！」

「とんでもないです！　今後のご活躍を期待しております！」

最後に挨拶《あいさつ》をして、俺は協会を後にした。

適性検査の時は絶望したが、振り返ると案外幸先の良いスタートだったと言えなくもないんじゃなかろうか。


迷宮協会を出た後は、再び築地《つきじ》市場に行き、いくらか魚を補充してから家に帰った。

そしてその一部を捌《さば》いて刺身にし、タマと一緒に美味《おい》しく食べた後のこと。

「あ、そうだ……」

ふと俺は探索者登録の受付の職員が言ってたことを思い出し、スマホを取り出した。

あの人、「アイドルの配信に映り込んでたのが切り抜かれて、今絶賛大バズり中」とか言ってたよな。

その動画、検索したらたぶん見られるよな？

アイドルの配信ってどの媒体でやってるのかいまいちよく分からないが……とりあえず最大手のゲラゲラ動画ででも検索をかけてみるか。

検索キーワードは、「猫　アイドル　助ける」とかにしてみてっと。

すると……それがドンピシャだったようで、タマがニンジャゴブリンを潰《つぶ》す瞬間がサムネになっている動画がトップに表示された。

「タマ、見て見て……あのギターの子助けたところが動画になってるぞ」

タマにも画面を見せつつ、動画を再生する。

この動画は生配信のコメントごと切り抜かれた動画のようで、再生すると画面上には右から左へとこれでもかという量のコメントが流れてきた。

最初は心配するような内容のコメントが多かったが……タマが猫パンチを食らわせると、コメントの中身は一気に何が起きたのかと困惑する内容に様変わりした。

画面が真っ白になるくらいの「？」の弾幕が終わったかと思えば……その頃には俺たちがモンスターだと誤解されていると知って逃げ去ろうとするところだった。

『急ぐぞタマ！　転移トラップに逃げるんだ！』

うわ、なんか俺の声が入ってるの恥ずかしいな。

ほらまた「？」の弾幕の勢いが復活しちゃったし。

などと思っていると、動画はそこで終わった。

さて、生配信中のコメントはご覧の通りほとんど困惑のコメントばかりだったが……この切り抜きに対するコメントはどうだろうか。

俺は少し下にスクロールし、この動画へのコメントを確認してみた。

すると……上位にはだいたいこんなのが来ていた。

『マジで何度見返しても強すぎて草』

『この猫、動画の男の人と行動してる目撃情報もちらほら出てるし、ガチで飼い猫っぽいんよな……ほんまどう育てたんか知りたい』

『この猫ちゃんのおかげでネルちゃんは今も生きてるんだよな……もはや神だわ』

『存在が謎すぎるのは置いといて、とにかくありがとう！（飼い主に伝われ）』

などなど。

タマの実力に驚くコメントや、アイドル救助への感謝のコメントの数々に、俺の口角は上がらないわけがなかった。

「へへ……良かったな～タマ。こんなに褒められてて本当に誇らしいよ……！」

「みゃあ（だにゃ）」

顎《あご》の下のあたりをモフりながらコメント欄への感想を口にすると、タマは心地よさそうに柔らかく鳴いた。

こんなにもたくさんの人にタマが認知されて、好感度も高くて……飼い主冥利《みようり》に尽きるとはまさにこのことだ。

「たまたまこの猫ちゃんが通りかかってくれてありがたい」的なコメントがたくさん寄せられているが、むしろこっちからしたらたまたまアイドルがダンジョンで動画撮っててくれてありがたいくらいだな。

って……待てよ。

よく考えたら、そもそもアイドルがダンジョンに来てるってどういう状況だよ⁉

危険度Dでも、俺がタイマンで戦ったら余裕で死ぬくらいには危ない場所なのに、そこでロケをしようなんて一線を越えた企画普通間違いなく没になると思うんだが。

メガネさんの前例があるからあのギターは当然武器だろうと納得していたが、もしかしてあれ本当にただ楽器を担いでいただけなのか……？

いや、流石《さすが》にそれはないか。

いくらダンジョンで撮りたい画《え》があったとしても、趣味レベルでも多少は探索者としての心得がない限り、最低難易度より二段階も上のダンジョンに来ようって発想にはならないだろうし。

俺はちょっとギターの人について調べてみることにした。

名前は……ハッシュタグにある「旋律のネル」ってのがそうだろうな。

名前をコピーして検索し、Ｗｉｋｉを見てみる。

なるほど……アイドルはアイドルでも、ダンジョン攻略を配信する活動をメインに行う人たちってのが存在するのか。

そんな職業、初めて知ったな。

んで、やっぱりあのギターは固有武器と。

てかこの子、Bランク探索者なのか。

そりゃ危険度Dダンジョンをソロでロケするくらい当たり前にできるわけだ。

……よし。謎も解けたし、他の動画のコメント欄とかトゥイッターとかも見漁《みあさ》ろう。

俺はアプリを切り替え、画面をゲラゲラ動画に戻した。

タマが英雄扱いされているコメントを見るのが楽しすぎて手が止められず……無我夢中で見まくっていたところ、気づいたら夜の十二時を超えてしまっていた。

◇◇◇

それから三日後の夜のこと。

クタクタになって帰宅し、ソファにゴロンと仰向けになりながらスマホを開いたところ……俺は見慣れない通知が一通来ているのに気がついた。

その通知は、迷宮協会公式アプリからのもの。

このアプリは、ステータス確認・更新用のデバイスをスマホと同期させるにあたってインストールしたものだ。

通知内容はというと……「新着メッセージが一通あります」と書かれていた。

協会からのお知らせか何かだろうか。

タップして中身を開いてみると……しかし、その予想は大きく外れた。

協会からのメッセージに間違いはないのだが、問題はその件名だ。

『旋律のネル様よりお預かりしたメッセージを転送します』

メッセージはただ協会経由で届いたというだけであり……送り主は、あの時タマが助けたギターの子だったのだ。

「え……？」

びっくりしすぎて、思わず俺は二度見してしまった。

あの子が俺に……いったいなぜ⁉

とりあえず、本文を読んでみる。

『先日はニンジャゴブリンから私を助けてくださり、ありがとうございました。そして、貴方《あなた》の飼い猫を化け物と誤解してしまい、大変失礼いたしました。もしよろしければ、一度しっかりお礼とお詫《わ》びをするために直接お会いさせていただけないでしょうか？　あと、もしご興味があれば私の配信に出ていただくのも大歓迎です！　ご返信は080－XXXX－XXXXまでお待ちしてます』

内容は、謝罪と動画への出演の提案だった。

あの状況で勘違いされるのは割と仕方なかった気がするのだが、わざわざお詫びを入れてくれるとは律儀な子なんだな。

しかもただのお詫びだけじゃなく、配信への出演の機会まで提供してくれるとは。

う〜ん……謝ってもらうほどのことではないので、お詫びだけなら結構ですと断ってしまってもいいのだが、問題は配信への出演の方だな。

俺は別に出たいとも思わないのだが、タマが配信に映ってまた色々好意的なコメントをもらえるのではと思うと、想像しただけで楽しみになってしまう。

というわけで、返事はタマ次第だな。

「タマ、こないだのギターの子が『自分の配信に出ないか』って言ってくれてるんだけどどうしたい？」

「にゃ！（面白そうにゃ。出てみたいにゃ）」

なら承諾で決定だ。

早速、俺は返事をすることに決めた。

『わざわざご連絡ありがとうございます。想定外の強敵で気が動転していらっしゃったでしょうし、仕方ないことだと思いますので、あの時のことはお気になさらず。私は今のところ兼業探索者の身ですので、日曜日にお願いできますと幸いです。尚、タマの出演についても前向きに検討させてください』

メッセージには電話番号が書かれてあるが、流石に電話するのは気が引けるので、とりあえずSMSでそう送ってみる。

返信後お風呂《ふろ》に入り、上がってから再度携帯を見てみると……早速もう旋律のネルさんから返信が来ていた。

『かしこまりました！　では、今週の日曜日が空いてますので直接お伺いします！』

どうやらこの短時間の間にスケジュールを確認してくれたみたいだ。

忙しい身だろうに申し訳ない。

こうして、俺は四日後にギターの少女ことネルさんと直接会うことが決定した。

非日常に戻れる日まで、あと三日地獄を耐え抜いて働こう。

◇◇◇

四日後の朝。

起床して顔を洗い、朝食のパンとコーヒーの準備をしていると……突如として、稲光と共に落雷音が鳴り響いた。

「うわっ！」

あまりに唐突な轟音《ごうおん》に、思わず俺は心臓がキュッとなった。

おいおい、今日は快晴だってのに……いったいなんで雷が落ちるんだ。

てか普通、雷って光ってしばらく経《た》ってから音が鳴り響くよな。

そのタイムラグがほとんどなかったってことは……雷が落ちた場所、結構近いのか？

とりあえずブレーカーを見に行き、問題ないことを確認する。

そうしていると、今度はインターホンが鳴った。

「はい、どなたでしょうか」

「お久しぶりです、本日お会いする約束をしていた旋律のネルです」

出てみると……相手はまさかのネルさんだった。

……いやいやいや、なんでここが分かったんだよ。

そもそもどこで何時に会うかすら、これからＳＭＳで聞こうと思っていたところだったのに。

ピンポイントで俺の家を当てるなんて……いったいどこから情報を仕入れたんだ。

「あの、申し訳ないんですが、まだ朝食を食べているところでして……ちょっと待ってもらえますか？」

とりあえず、俺はまだ家を出られるタイミングではないことを伝えてみた。

「あっ……失礼いたしました！　そしたら、その辺で少し時間を潰してきますね！」

するとネルさんは、申し訳なさそうな声色でそう返事をしてくれた。

そうだな。俺も急いで朝食を済ますとして、しばらく暇潰ししといてもらうか。

いやしかし……「その辺で」といっても、ここ住宅街のど真ん中すぎて正直このあたりに時間を潰すのに適した場所ってあんまりないんだよな。

しかも今日は最高気温三十五度とかで、外は既にじっとしてるだけでも暑いだろうし……ここまで来てもらってしまった以上は、家に入れてあげた方がいいんだろうか？

——いや待て待て冷静に考えろ。

たとえ下心〇%善意百%だとしても、俺みたいな中年に差し掛かった男が一回り以上年下の女子を家に招き入れるなんて常識的に考えてあり得ないだろ。

というか百歩譲ってそれが最善策だと確定していたとしても、今まで人生でまともに女性と会話してこなかった（社会人になってすら、うちはブラックすぎて女性がほとんど居着かないのでほぼ男としか喋《しゃべ》ってない）俺が良かれと思ってでもそんな発言をするのはハードルが高すぎる。

……どうしようか。

考えあぐねていると、タマが俺の方をチラッと見て、何かを察したようにこう言った。

「にゃあ？（良かったら家に上がるにゃ？　冷房効いてて涼しいにゃ）」

俺の思考でも読んだのか、タマはネルさんにもし俺が陽キャだったら口にしていたであろう模範解答を口にした。

ナイスアシストだ。

その発言は三十代男性が言うと大問題だが、猫が言う分には一切問題ない。

「い、良いんですか……？　そんな甘えさせてもらうなんて……」

「にゃ（じゃーん、自動ドアにゃー）」

タマはそう言いつつ、念力でドアを操作した。

「あ、ここまでお膳《ぜん》立《だ》てしてもらっては断る方が失礼そうですね、ではお邪魔しまーす！」

こうして、ネルさんはリビングに入ってくることとなった。

「あの……いったいどうやってここを知ったんですか？」

まず俺は、今一番気になっていることを尋ねてみた。

俺の家の住所なんてどうやっても入手のしようがないはずなのに、なぜネルさんはここにたどり着けたのか。

「それはですね……こんな方法を使って申し訳ないんですが、トゥイッターとか探したら何枚かタマちゃんの目撃画像が載ってたりするじゃないですか。その画像に映り込んだ背景から、まずざっくりとさいたま市の東側に住んでるなってところまで予測しました」

「お、おう……」

なかなか衝撃的な発言が飛び出てきた。

おいおい、そんな特定厨か探偵しかやらないような真似《まね》してたのか。

しかし、それでは俺の居場所は「さいたま市東部」までしか分からないはずだが。

「そこから先はどうやって？」

「そこまで来れば、あとは適当にさいたま市の上空を飛び回ってタマちゃんの気配を探りました。一回間近で見てますし、タマちゃんの気配は分かりやすいので、ある程度近くまで来ればすぐ分かりましたね」

「えぇ……」

そしてまさかのゴリ押し戦術だったことに、俺は二度目の衝撃を受けた。

今朝の時間だけでさいたま市中を探し回ったというのか。

てかタマの気配、そんなに分かりやすいんだな。

生憎《あいにく》俺は気配察知スキルなど持ち合わせない一般人なので、そう言われても何のことかピンと来ないのだが。

って……上空を「飛び回った」!?

「え、あの……ネルさんって空を飛べるんですか?」

特定方法が衝撃的すぎて一瞬スルーしそうになったが、実はどさくさに紛れてとんでもない情報が混じっていたことに気づき、気づいた時にはもうそんな質問が口をついて出てしまっていた。

タマは猫なので空をピョンピョン移動できるのも納得できなくはないが、生身の人間にもそんなことが可能なのか。

「はい。『雷神飛翔《らいじんひしょう》』という固有スキルがありまして……ギターのネックを持って、ボディを帯電させてから行きたい方向に向ければ空を飛べるんです」

「へ、へぇ……」

どうやらネルさん専用のスキルのおかげで成し得ることのようだった。

帯電させて空を飛ぶって、トールハンマーかよ。

てか、さっき落雷だと思ったのはネルさんの着地によるものだったんだな。

そりゃ快晴だろうが落ちるし、稲妻と音のタイムラグも皆無なわけだ。

「帯電ですか……面白いスキルをお持ちなんですね」

「そりゃあ帯電しますよ。エレキギターですもん」

いや、エレキギターのエレキってそういう意味ではないだろ。

なんて心の中でツッコミを入れていると……ネルさんは突如我に返ったかのように、ハッとした表情でこう言った。

「というか、申し遅れました。私、押入《おしいれ》ねると申します。普段は旋律のネルという芸名で活動させてもらってます。この間は私の命を救ってくださりありがとうございます」

何かと思えば、改めて自己紹介か。

「それなのに、私ったら命の恩人のお二方にお礼するどころかモンスターだと勘違いしてしまって……不徳の致すところでございます！　申し訳ございません」

ふ、不徳の致すところ……。

社会人でも滅多に使わない言い回しだぞ。どこでそんなの覚えたんだ？

まさか、「お詫び　最上級」とかで検索して言葉を準備してきてくれてたのだろうか。

「い、いえいえ。こちらは全然気にしてないので大丈夫です」

咄嗟《とっさ》に、俺は手を振ってそう返した。

「後々聞いたんですが、ニンジャゴブリンって結構強いらしいですね。立て続けにイレギュラーばかり起こって、混乱するのも無理はないと思います。むしろ無事で良かったですよ」

「ごろにゃあ～（間に合ってよかったにゃ）」

「そんな……お気遣いいただきありがとうございます……」

てか、俺側も自己紹介しなきゃな。

「改めまして、木天蓼《またたび》 哲也です。タマの飼い主です」

「へえ、名字からして愛猫神《あいびょうしん》感が半端ないですね！」

愛猫神……？

「すみません、変な冗談言っちゃって……。そんなことより、今日は一個お渡ししたいものがあるんです。これ……お礼とお詫びの印に受け取ってください！」

俺が謎コメントに気を取られている間に、ネルさんはそう続け、どこからともなく箱を一つ取り出した。

え……今どこからその箱出てきた⁉

「すみません、今どこからそれを？」

「ああ、これは異次元空間に物を出し入れする『魔法収納』というスキルです。鳥取砂丘にある危険度Cダンジョンの中ボス、通称『スキルバトルステージ』で勝てば誰でも入手できるスキルなので、早めの討伐と取得をお勧めします」

なるほど、それもスキルだったたか。

確かに便利そうだな。

「開けてみていただいていいですか？」

「え、ああ、はい……」

ネルさんの方から開封を促され、俺は箱のテープをはずして中身を取り出した。

中身はデジカメだった。

菓子折りとかでも十分すぎるのに、これまた随分と高価なものを選んでくれたんだな。

と――思いかけたその時。

「……うおっ⁉」

不意にデジカメ……いや、デジカメだと思っていたものが変形し、羽が生えた形になって空中に浮かんだので、俺は変な声が出てしまった。

「こ、これはいったい……？」

「浮遊しながらＡＩ制御で被写体を自動追尾してくれる高画質カメラです！　私も配信で同じのを使ってるんですけど、便利ですよこれ！」

尋ねると、ネルさんはプレゼントについてそう説明してくれた。

ま……マジか。最近はとんでもないレベルでデジタルガジェットも進化してるんだな……。

しかし、なぜこれを俺にくれようと思ったのか。

「凄《すご》いものいただいちゃってすみません……。しかし、なぜこれを俺に？」

「あの、こんなことを言うと変な人だと思われるかもですが……三日前くらいに、夢の中にタマちゃんが出てきたんですよね。そしてどういうわけか、タマちゃんと一緒に家電量販店に行くことになって……そこで夢の中のタマちゃんがこのカメラを欲しがってたので、何かの導きかと思って買いました！」

理由を尋ねると、想像の斜め上の答えが返ってきた。

ごめん、聞いたせいでますます分からなくなった。

「にゃあ～（これ、たのしいにゃ～）」

タマの方を振り返ると……タマはしきりにカメラを追いかけて楽しそうに遊び始めていた。

あの高速で精密な攻撃を繰り出せるタマの猫パンチが全部空を切っているのを見るに、壊さないように気をつけながら遊んでいるのだろう。

まあその……タマが嬉《うれ》しそうなので、ある意味正解のチョイスではあるんだけども。

やっぱり天啓にしては無茶苦茶すぎる気がする。

「本当に良いんですか？　その、お高かったでしょうに……」

「いえいえ、命に比べたら屁《へ》でもない値段ですから。それに哲也さん、あの時ニンジャゴブリンのカプセル置いていかれたじゃないですか。あのドロップ品、８万くらいするんで……実質割り勘していただいているようなもんですよ？」

８万円で割り勘ってことは……じゃあ16万円もするカメラってことかよ。

改めて聞くとやっぱエグい値段だな。

だけど……なんかもう、今更申し訳ないからと断れる雰囲気でもなくなっちゃったな。

「ありがとうございます……大切に使わせていただきます」

俺はお礼を述べて、受け取ることにした。

そうこうしていると、俺はパンを食べ終わったので、コーヒーを一気に胃に流し込んで朝食を終えた。

そのタイミングで話題が変わり、俺たちは今日の予定について話すことに。

「で、配信に出ることも前向きに検討してくださってるとのことでしたが……実際どうします？

そもそも、気持ちにお変わりはないですか？」

まずネルさんは、俺たちが配信に出たがってるということで認識相違がないか確かめようとした。

俺はスッと目線をタマに向ける。

「にゃあ（変わらないにゃ。楽しそうにゃ）」

タマは軽く頷《うなず》いた後、ネルさんの問いにそう答えた。

「良かったです！　かわいいかわいい命の恩人と共演できるなんて……夢みたいです！」

それに対し、ネルさんはよほど嬉しいのかはしゃぎ気味な様子を見せた。

「じゃ、行き先はどんなダンジョンにします？　遠出でも全然良いですよ！」

俄然《がぜん》、乗り気になって具体的な話に入るネルさん。

「俺は……ネルさんのおすすめとかあればそれで。どこのダンジョンにどんな特徴があるとか、正直よく知りませんから」

「おすすめですか、そうですね……哲也さん、今ランクはいくつですか？」

「Dです」

「でしたら、ひとまず危険度に関してはCのダンジョンでいかがですか？」

質問されたので聞き返すと、ネルさんはそんな提案をしてくれた。

……ん？　DだからCへ？

なんか妙にちぐはぐなことを言われてる気がするが、その心はいったい。

「ええと……それはどういう……？」

「あ、説明が漏れており申し訳ないです。ダンジョンって、自身のランクより2ランク以上高いランクの付き添いがいれば、自身のランクより一つ上の危険度のダンジョンに入場できるんですよね。それに照らし合わせれば、私がBランクなので、今私たちで入れる中で最高難易度の危険度Cでいいかなと思いました」

なるほど、そういう理屈か。

「ま、私が付き添いってのはあくまで形だけで、本当の最高戦力はタマちゃんですけどね！」

ネルさんはそう付け加え、タマに微笑《ほほえ》みかけた。

当のタマは依然浮遊カメラに夢中だが。

「じゃ、ここから一番近い危険度Cダンジョンは春日部《かすかべ》市にあるんで、そこに行きますか」

「はい」

危険度を決定したら、ネルさんが場所を提案してくれたので、俺は二つ返事でそれを了承することに。

「そしたら私、配信の予約設定とファンのみんなに向けての告知しますね〜」

ネルさんはスマホを取り出し、慣れた手つきでポチポチと配信の事前準備をする。

それが完了すると、ネルさんがそのリンクを取得し、各SNSで告知を流した。

そこまで準備が完了すると、いよいよダンジョンに向かうことに。

家の外に出ると、俺はタマの背中に乗り、ネルさんはギターのネックを掴《つか》んでグルングルンと肩を回し始めた。

そして俺とタマは高速パルクールで、ネルさんは雷神飛翔で、それぞれ春日部のダンジョンに飛んでいった。

◇◇◇

ダンジョンの近くで着地し、一分ほど待っていると……雷鳴と共にネルさんが到着した。

着地の衝撃が凄《すさ》まじかったらしく、ネルさんの周りの地面には無数のヒビが入ってしまっている。

「ちょ、え……タマちゃんの走り、いくら何でも速すぎません⁉」

そんなネルさんの第一声は、タマのスピードへのツッコミだった。

「一瞬で突き放されて、姿を見失っちゃったんですけど……！　目的地が分かってたんでまだ良かったですけどね。慌てて全速力で追いかけたら、減速しきれずにちょっと着地に失敗しちゃったじゃないですか！」

ネルさんは若干肩で息をしながらそう続けた。

マジか。落雷のイメージからネルさんのスピードはタマと遜色《そんしょく》ないと勝手に思ってたが、そんなこともなかったたか。

てか今の着地、失敗だったんだな。

言われてみれば、家の前の道路はこんなヒビだらけになってなかった気がする。

「にゃにゃ（すまんにゃ、修理するにゃ）」

ネルさんのツッコミを聞くと……タマはそう言って、軽く両前足を上げた。

そして両足でドシンと地面を踏み込むと、振動でヒビが全部完璧《かんぺき》に閉じた。

……え、どういう原理？

「タマちゃんありがとう！」

ネルさんは疑問を持つことを放棄したようだ。

まあ、考えたところで分かるものでもないだろうしそれが正解だろうな。

「それじゃ早速ダンジョンに入りましょうか！　Cランク以上のダンジョンの場合は、あんな感じで入り口前に迷宮協会が設置したバリアがあるので、探索者証をかざして通ることになります」

ヒビ修理の話はさておき……ネルさんは入り口を指し、入り方を解説してくれた。

そうそう。オメガ・ネオのみんなと危険度Bダンジョンから出る時にも見たが、入場制限がかかっているダンジョンは、入り口が青く光る透明の膜で覆われたような見た目をしているんだよな。

あのダンジョンの時も、出る際は何もないかのように通過できたのに、試しに再度入ろうとすると分厚い強化ガラスで遮蔽《しゃへい》されてでもいるかのように一切入ることができなかった。

入り口の横には、一辺十センチくらいの真っ平らな部分があって……そこが探索者証読み取り装置になってて、かざすと入る人を阻害する効果が一時的に切れるんだったか。

「了解。……あれ？」

言われた通り、俺は探索者証をゲートにかざした。

しかし……それではゲートは開いてくれず、ただエラー音がピーピーと鳴るだけだった。

「あ、危険度より下のランクの探索者証ではゲートは開きませんよ。付き添い込みで入る場合は、2人の探索者証をまとめて読み取るんです」

なるほど、そういう仕組みだったのか。

ネルさんが自分の探索者証を重ねて置くと、やっとゲートが開き、俺たちは中に入ることができた。

「じゃ、配信開始しますね！」

「了解」

ネルさんが自分の浮遊カメラを取り出し、スイッチをオンにすると……浮遊カメラはフワッと空中に浮かんだ。

続けてゲラゲラ動画のアプリを開くと、浮遊カメラとスマホの同期が始まり、カメラに映る映像がスマホに表示される。

その状態で配信開始ボタンを押すと、配信が始まった。

「ど〜も〜！『レスポールさえも凶器に変える女』、旋律のネルで〜す！今日のゲストはなんと！ゲラゲラ動画にトゥイッター、ありとあらゆるSNSで話題沸騰中のあの猫ちゃん、私の命の恩人のタマちゃんが配信に来てくれました！激きゃわなタマちゃんと一緒にダンジョンを蹂《じゅう》躙《りん》できることになって、テンション爆上がりで〜す！」

「ごろにゃ～ん（よろしくにゃ）」

まずネルさんは、タマの頭をわしゃわしゃと撫《な》でながら決まり文句の挨拶《あいさつ》をした。

タマは空気を読んでタイミングよく鳴いた。

「そして飼い主の哲也さんにもお越しいただいております！」

「あ、皆さんはじめまして。タマの飼い主です」

俺も紹介されたので、一応無難に挨拶しておく。

なんか緊張するし、需要があるのはタマだけだから、俺の紹介はいらなかった気もするが。

：この猫ちゃん、タマって名前なんだ……メモメモφ(•ᴗ•๑)
：この唯一無二の存在が普遍的な名前なの、ギャップがあっていいな
：味方と分かった途端これは草
：ネルちゃんずるいぞ！　俺にももふらせろ！
：→ネルちゃんやから許されとるんやで
：→お前がもふったら即ひっかかれて一発アウトやで
：みんな辛辣《しんらつ》で草

どんなコメントが来るか気になったので自分のスマホでネルさんの配信を確認してみると、初手から凄い量のコメントが流れてきていた。

「さて、今私たちは春日部市の危険度Cダンジョンに来てるわけですが……今日はどんな作戦で攻略しましょうかね？」

「そうですね……」

言われてみて、俺はハッとした。

そういえば、どんな立ち回りでこのダンジョンを攻略するかとか、全然決めずに配信始めちゃったな。

ただダンジョンを攻略するだけであれば、正直作戦など考える必要は全くない。

この程度のダンジョンなら、いかなる敵もタマの猫パンチかひっかきで沈むことがほぼ確定だからだ。

何なら極端な話、ルート選定次第ではほとんど敵と遭遇せずにボス部屋に到着し、ボスだけ倒すことさえできてしまうだろう。

しかし——配信という点においては、そんな攻略はお粗末としか言いようがない。

タマレベルの能力になると効率を極めれば極めるほど見どころが減ってしまうし、ネルさんの出番が最初の挨拶だけというのもなんかコラボとしてどうなんだって感じになっちゃうからな。

かといって、協力して倒すほどの敵がいるとも思えないし……。

いったいどうしたらいいだろうか。

「逆にどんな作戦がいいと思いますか……？」

こんな時は、ベテランの意見に従おう。

そう思い、俺は質問をそのまま返した。

ネルさんは少しだけ顎《あご》に手を当てて考えた後、こう提案した。

「そうですね……せっかく今はタマちゃんが盤石の安全を保証してくれてて、私が途中で力尽きても何のリスクもないわけじゃないですか。この機会に、前半戦で一度私の全力をお披露目《ひろめ》するってのはどうでしょう？　私がバテたらタマちゃんと交代ってことで」

なるほど、そう来たか。

確かに、普段ネルさんが単独で探索する時は体力のペース配分を考えて戦ってるだろうし、本当の意味での「後先考えない全力の戦闘」はネルさんのファンですら見たことないだろう。

前半と後半でそれぞれ敵を担当する形にすれば、無理に連携プレーに持っていかずともお互い見せ場ができるしな。

一瞬でそれを考えつくとは、やはり人気配信者は頭が良い。

「ぜひそれで」

俺は二つ返事で賛同した。

「分っかりました！　では、しばらくはっちゃけさせてもらいますよ……フフッ」

ネルさんはギターをグルングルンと回しながら、不敵な笑みを浮かべた。


……お、これは……

……もしやがっつりトールハンマーが見れる？

：やべえ神回来た
：wktk
：タマちゃんの前だからって張り切りすぎｗｗ

コメント欄を見る限り、視聴者も大いにワクワクしてくれているようだ。

「にゃ（急いで乗るにゃ。置いてかれないようにしなきゃにゃ）」

タマはというと、おもむろに身体《からだ》を伸ばして背を低くしつつそう言った。

ついていくためだけにタマに乗って移動って……そんなに超高速で敵を捌《さば》いていくのか？

まあ、どうなるか見ものだな。

タマの背中の上からネルさんの様子を観察していると、ネルさんはギターを回す速度を急激に上げながら、全身に稲妻を迸《ほとばし》らせだした。

それに伴い、いかにもアイドルらしい清楚《せいそ》な黒髪が一瞬にして白銀に染まる。

次の瞬間、ネルさんは稲妻だけを残して姿を消した。


「……え？」

それから数秒の間、俺は不思議な光景を見せられることとなった。

屋外での高速移動よりは少し遅いくらいの速度で、タマはダンジョン内をズンズン進んでいくのだが……俺の視界に映るものは、稲妻とドロップ品に変わりつつある魔物だけなのだ。

あとは俺たちが通り過ぎた後ろからカプセルが回収されるのがちょくちょく見えるくらいのもの。

どういうことだ？

ネルさん、本気を出したら肉眼では追えないほど速いってのか？

「ごろにゃ～（動体視力を強化するにゃ）」

などと思っていると、タマは俺がネルさんの姿を捉《とら》えられていないのを察したのか、そう言って俺の目に力を与えてきた。

すると……ようやく状況が分かるようになった。

帯電したギターのボディでモンスターの頭をぶちのめし、首から上を木っ端微塵《みじん》にしたり。

ギターを思いっきり投げて、モンスターの胴体を貫通させて大穴を開けたり。

投げたギターに向けて雷を放ち、ブーメランのように軌道を変えさせて手元に戻したり。

そういった動作が、辛《かろ》うじて見えるようになったのだ。

マジか。ただ稲妻が走ってるだけのように見えた場所で、あれほどの攻防が繰り広げられていたとは。

いや、攻防なんてもんじゃないな。

モンスターたちはほとんど自分が攻撃されたことに気づかないまま死んでるし、あんなのは一方的な殺戮《さつりく》以外の何物でもない。

てか、肉眼で追えないほどの猛スピードって画《え》的にどうなんだ……？

まあ、稲妻と共に敵が爆散する光景だけでも様になるから問題ないと言えばないか。

それにあのカメラ、俺がもらったのと同じってことはハイスピードカメラとしても一流の性能のはずだ。

もしネルさんが配信のあとにこのシーンのスローモーション版を動画として出したら、視聴者さんに二度楽しんでもらうこともできるんだろうな。

とはいえどこかで一度くらいは、ネルさん本人の攻撃する姿が生配信上で見える場面も欲しい気がするが。

と思っていると、ふいにネルさんは曲がり角を曲がったところで静止した。

そして——。

「はあぁぁぁ————っ！」

思いっきり叫びつつ、地面に向かって極太の雷を落とした。

雷は高熱で地面を蒸発させせながら前に進み、進行方向の地面を抉《えぐ》っていく。

その過程で、地面に潜っていたであろうモグラ型やワーム型の巨大魔物が何体か丸焼きにされ、地面から放り出されながらカプセルに変わっていった。

なんじゃありゃ。

雷タイプは土タイプに弱いとかありそうなもんだが、そんなの一切お構いなしだな……。

が……流石《さすが》に今のはネルさんにとっても負荷が大きかったのか、彼女はハァハァと息を荒くしながらゆっくりと地面に降り立った。

「いやー、最大出力をぶっ放し続けると、流石にこのくらいでガス欠になっちゃいますね……」

ネルさんは力なく笑いつつその場にへたり込んだ。

：お、おつかれ……
：エグすぎやろ……
：ほぼ稲妻しか見えんかったわ草
：アーカイブ0・25倍速で見直そ
：Bランクって本気出したらこんな強《つえ》えんか
：レベチすぎる　B目指してたけど完全に心折られた

時間にしてみれば数十秒程度の出来事だっただろうが、視聴者たちは満足してくれているようだ。

「お疲れ様」
「ありがとうございます。それじゃあ続きはタマちゃんお願いします！」
「にゃ（まかせるにゃ）」

タマが再び身体を伸ばして背を低くしてくれたので、俺は背中から降りた。

「にゃにゃ？（良かったら、タマの背中に乗っとくにゃ？）」

ヘトヘトで歩くのもしんどそうなのを見かねてか、タマがネルさんを運ぶことにしたようだ。

「ありがとうございます！　やったー、もふもふ交通だー！」

ネルさん……運んでもらえることよりタマをモフれることの方を喜んでないか？

別にタマが嫌でなければ何でもいいけども。

ネルさんを乗せたタマは、てくてくと歩いて焼け跡の残る地面を進み始めた。

タマにとっては平気なのかもしれないが、地面の中央は未《いま》だ赤熱していて普通に歩くと足を火傷《やけど》しそうなので、俺は端の方を歩きながらついていく。

：もふもふ交通
：羨《うらや》ましすぎる……_(:3」∠)_
：さっきまでの稲妻戦士とこのフワッフワの毛を堪能してる子は同一人物ですか？
：画面が癒やしでいっぱいだ……
：なお地面

次はどんなモンスターが出るだろうか、などと考えつつ、スマホでコメントを読む。

しばらくすると、下半身がヘビ、上半身がトリケラトプスのキメラみたいなモンスターが姿を現した。

「にゃ（ほい斬撃にゃ）」

タマが軽く左前足を振ると、モンスターは綺麗《きれい》にヘビ部分とトリケラトプス部分に分かれ、それからカプセルに姿を変えた。

人を乗せてるから猫パンチではなく、自身はあまり急激に動かない遠隔攻撃の方を選んだか。

そんな攻防（というか一方的な斬り伏せ）が何度か続くと、俺たちはボス部屋前までやってきた。

ちょっと気になるのは、ボス部屋の隣に古びた舵輪《だりん》みたいなのがついてることくらいか。

「ネルさん、あの舵輪みたいなのは……？」

「あ、ここ実はですね、ボスの難易度が選択制になってるんですよ。部屋に入る前にどれくらいあのハンドルを回すかで、入ってからの敵の強さが変わるようになっていて……全く回さなかった場合は危険度Cレベル、最大で危険度Aくらいの敵は出せたはずです。まあ普通は誰も触れないですけどね」

聞いてみると、ネルさんがどんなギミックかを解説してくれた。

へえ、そういうのもあるのか。

転移トラップ以外にも、入ったダンジョンより格上の敵と戦える仕組みが存在するとは。

「にゃ（もちろんフルスピードにゃ）」

「え……ちょ⁉」

タマは何の躊躇《ちゆうちよ》もなくハンドルを思いっきり回した。

あまりに回転が速すぎて、右回転させたはずなのに左回転と錯覚するくらいの角速度が出てしまっている。

ネルさんは目を擦《こす》ってハンドルを二度見した。

∵あまりの躊躇なさに大草原不可避

：ネルちゃんの解説がフリになってるｗｗｗ
：清々《すがすが》しいくらいの高速回転で草
：よくハンドルもげなかったなｗｗ
：大丈夫か……？　あんな速さで回すのは流石に前例ないだろうに、危険度Ｓクラスとか出てきたりしないよな……？

コメントもハンドル回転への言及一色になってしまった。

不安なこと書くなよ。

聞いてた上限より更に強いのが出てきたりしたらヤバいだろ……。

そんな懸念はお構いなしに、ボス部屋のドアを開けるタマ。

２人とも中に入ってしまったので、俺もついて入った。

「にゃ（一旦《いったん》降りるにゃ）」

「あ、はいもちろん……」

流石にネルさんを乗せたまま強敵と戦うことはしないようで、タマは全身を伸ばしてネルさんを降ろした。

数秒後、煙の演出と共にボスが出現する。

ボスは全身が光沢のある金属の鱗《うろこ》で覆われた、目が赤く光る全長三十メートルくらいのヘビだった。

「あ、あ、あ、あああれは……！」

そのモンスターを見て……ネルさんは途端に慌てたような声を出す。

「どうしたんですか？」

「どうしたって……ヒヒイロカネ・ランスヘッドバイパーじゃないですかあれ！」

ネルさんは震える指で大蛇を指しながら、そう叫んだ。

……名前を言われてもな。

「どんな奴《やつ》なんですか？」

「あれは結構有名な奴ですよ。ブラジルのケイマダ・グランデ島にある危険度Aダンジョンのボスなんですが……あのダンジョン、実態としては危険度Sに分類されてないのがおかしいくらいヤバいんです！　そ、それがこんなところに……」

なるほど。「最大で危険度Aまで」というのに偽りはなかったが、実質はかなりダウトな奴が出てきてしまったってか。

うーん、これはどう捉えるべきやら。

「にゃあ！（なかなか楽しませてくれそうな敵が出たにゃ！）」

なんかタマ、「俺より強い奴を探す」系のラスボスが言いそうなこと言い出したんだが……まあ楽しそうだからいっか。

とりあえず、勝ってはくれそうなので一安心だ。

などと思っていると、戦いが始まった。

両者姿が見えなくなり、重たい金属がぶつかるような轟音《ごうおん》だけが部屋中に鳴り響く。

タマが本気を出せば姿が見えない速度になるのはいつものことだが……ヘビの方もヤバいスピードだな。

あの重厚感しかない見た目でこれかよ。これが実質危険度Sってやつか。

「うわあ何も見えない……これ、タマちゃん勝ってくれるんですよね……？」

「にゃあ！（ヘビさんもっと頑張るにゃ！　君の力はそんなもんじゃないはずにゃ！）」

「大丈夫みたいですね。『君の力はそんなもんじゃないはずにゃ』って言ってるんで」

「ええ、私にもテレパシーでそう聞こえたんですけど……聞き間違いじゃないんですね……」

：まるで熱血キャプテンみたいなセリフで草
：なんで本気出させたいねんｗｗｗ
：危険度Ａボスとお戯《たわむ》れになる飼い猫ちゃん……
：→この世のものとは思えない字面で草

その戦いも……永遠には続かなかった。

ガシャン、と一際大きな音がしたかと思えば、ヘビの頭と胴体がそれぞれ部屋の端と端に落っこちてきたのだ。

タマも俺たちの目の前にストンと降りてくる。

「にゃ（ふう、良い汗かいたにゃ）」

タマはご満悦そうに尻尾《しっぽ》をゆらゆらと揺らしていた。

ヘビがカプセルに変わると、タマはそれを拾って戻ってくる。

次の瞬間、ボス部屋の床全体が光りだしたかと思うと……俺たちは地上の入り口手前に転送されていた。

ここもその仕様か。

「いやー、凄《すご》い戦いでしたね。肉眼では全然見えなかったので、後でスローモーションで確認したいところですが」

「それで見えますかね……？　私の浮遊カメラ、確かに性能は凄いんですが……そうは言ってもフレームレートにも限界があるんですが」

うん、俺も希望的観測で言ってみただけだ。

まあ無理だったとしても、「見えないうちに勝負がついていた」というのはそれはそれで達人の居合いみたいで趣があると思うけども。

ともかく、撮れ高に関してはこれだけ色々あればもう十分だろう。


：すっげえ……

：これもう歴史的映像資料だろ……危険度Aのボスの撃破シーンとか普通見れねえぞ？

：これは1000万再生確定では

：何が恐ろしいって、タマちゃんあれで本気じゃないんだよな……

：→禿同

コメントも盛り上がってくれてるし。

「タマ～本当によくやったぞ～！　ほら、みんなこんなに楽しんでくれてる！」

たくさんの人にタマの凄さが伝わったのが嬉《うれ》しすぎて、俺はつい勢いよく両手で頭から尻尾まで撫《な》で回《まわ》してしまった。

「にゃあ（ちょっとくすぐったいにゃ）」

おっとごめんごめん。

そんな感じで、俺たちはここらで今日の配信を締めくくることにした。

「というわけで、本日はタマちゃんと共にお送りさせていただきました！　哲也さん、今日はありがとうございました。皆さんもまた次の配信でお会いしましょう」

締めの挨拶《あいさつ》を終えると、ネルさんは配信停止のボタンを押した。

これは今日帰ったら、アーカイブのコメント欄の確認必至だな。

◇◇◇

配信が終わり、一息ついた後。

「改めまして……本日はたくさん見せ場を作ってくださり、本当にありがとうございました」

ネルさんは深々とお辞儀をしながら、そうお礼の言葉を口にした。

「本来はこちらが恩返しするためのコラボのはずでしたのに……逆にバズりに貢献してもらっちゃってすみません！」

「いえいえ、そんな」

確かに、本当に1000万再生とか行ったらネルさんの収益もエグいことになるのかもしれないが……それでもタマの凄さを多くの人に見てもらえたのはネルさんの影響力あってこそなので、ありがたいことに変わりはない。

もっとも、願わくばタマの活躍を見てもらえる場を自前でも用意できたら――みたいなことを全く夢想しないと言えば嘘になるが。

などと思っていると、ネルさんはタマと何やら相談をし始めた。

「ねータマちゃん……もっとこう、何か私にやってほしいこととかない？　やっぱり、これだとちゃんとお礼できてる気がしなくて……」

するとタマは、右前足の肉球でふにゃっと俺の頭を触った後、何か合点がいったように頷《うなず》いてこう言った。

「にゃあ（あるみたいにゃ。テツヤ、タマのために自分でも配信を始めてみたいと思ってるみたいだし……ノウハウとか教えてあげたら喜ぶんじゃないかにゃ？）」

――おいおい。

確かに、そういう願望はあるっちゃある……というか実はかなりあるし、何なら「浮遊カメラくれたのってそういう天啓では？」と思ったまであるくらいだけども。

その程度の浅い考えの人間が、本職中の本職の方の指導を受けさせてもらうなんて畏《おそ》れ多《おお》すぎるって……。

「え、それでいいの⁉　得意分野でお役に立てるなら、私も配信者冥利《みょうり》に尽きるよ！」

と思ったら、一瞬にしてなんか「聞かなきゃ失礼」くらいの空気感になったぞ。

「タマちゃん、何か回復系の技とか持ってない？」

「ごろごろ～（もちろんにゃ）」

「ありがとう、だいぶ元気になった！　じゃあ次は……私が『雷神飛翔《らいじんひしょう》』を使う時に、何かエンハンス系の技とかお願いしていい？」

「にゃ～（それもできるにゃ）」

何やら色々技をかけてもらおうとするネルさん。

回復技は稲妻形態で疲れたのを癒やしたいんだろうが、エンハンスは何をしようとしているのだろうか。

不思議に思っていると、ネルさんからこんな提案が出てきた。

「すみません、じゃあご説明のためにお2人を私の家にご招待したいのですが。お時間大丈夫でしょうか？」

俺は一瞬思考が停止した。

え……俺が、この高校生くらいのアイドル少女の……家に？

いやいやいや、流石《さすが》にそれはまずいんじゃなかろうか。

と思ったけど、既に一回自分の家には招いてるので今更か。

話はそこらへんのカフェで聞くのでも……という気もするが、むしろアイドル「だからこそ」人目につくところで男と一緒にいたくないという観点もあるかもだし。

「俺は大丈夫です」

「それはちょうど良かったです！　じゃあ、ご招待しますんでついてきてください！」

承諾すると、ネルさんはギターのネックを握って構えた。

「仕事用の東京の仮住まいはともかく、本当の私の家はちょっと遠いんで、飛んでいきますね。エンハンスもかけてもらえることですし、『雷神飛翔』でもタマちゃんの疾走くらいのスピードを出せると思うので……私についてきてもらえればと！」

更にそう言いつつ、ギターに帯電させだす。

「にゃ（了解にゃ）」

タマは乗れと言わんばかりに全身を伸ばした。

そして俺は念力で背中に跨《また》がらされ、高速移動でネルさんについていくこととなった。

目的地へは、十分ほどで到着した。

着地すると、俺はまず周囲をグルッと確認したのだが……視界に映った光景に、思わず俺は言葉を失ってしまった。

というのも——今立っている場所は住宅街の中なのだが、見渡す限り全ての家が普通の家の六倍はあるんじゃないかというくらいの大豪邸ばかりなのだ。

聞くまでもなく、ここが高級住宅街なのは明白だ。

しかし——飛行時間は普段ダンジョンに行く時とあまり変わらなかったはずだが、いったい俺はどこに連れてこられてしまったというのか。

俺はネルさんに現在地を聞こうとした。

しかし……口を開くのがワンテンポ遅かったようだ。

「い、いや、この距離をたった十分でって……タマちゃん、いったいどんな凄《すさ》まじいエンハンスをかけてくれたんですか⁉」

ネルさんはネルさんでエンハンスの効果が想像以上だったらしく、そんな疑問を口にした。

「対象者のポテンシャルを逸脱しすぎたエンハンスって、反動で身体《からだ》を壊すはずなんですけど……そんなことも全然ないですし……」

「ごろにゃ〜ん（そうにゃ。純粋に出力だけ上げるとネルちゃんの身体に負担がかかりすぎるから、因果律操作でバフの身体的負担をゼロにしたにゃ）」

ネルさんの疑問に、さも当然かの如くタマは答えるが……ちょっと待て。

今なんか、因果律操作とかいう聞こえちゃいけない言葉が聞こえた気がしたが？

「い……因果律操作って何ですか⁉」

ネルさんも衝撃発言を聞き逃さなかった。

「にゃ～お（文字通り、ネルちゃんの中の量子の世界を覗《のぞ》いて、望む方に因果を動かしただけにゃ。猫ならできて当然にゃ）」

またもタマはさも当たり前のように答えるが、なんだそのデタラメ量子力学みたいなのは。猫ならできて当然とか言うけど、シュレーディンガーの猫ってそういう意味だったっけ。

……はいいとして、問題はここがどこなのかを聞きたいんだ。

「ネルさん、ここはいったいどこなんですか？」

俺はそう質問した。

すると、ネルさんの口からはまさかの地名が出てきた。

「兵庫県芦屋《あしや》市六麓荘町《ろくろくそうちょう》です。ようこそ、マイホームへ！」

「ひぇ……⁉」

俺は意味を成さない声を出すしかできなかった。

その地名は俺でも知っているぞ。

六麓荘町と言えば、大企業の社長や有名芸能人ばかりが住むと言われる、高級住宅街の中でも別格のガチ高級住宅街じゃないか。

「ここって確か町内会費50万円とかでしたよね……？」

「それは入会金ですね。年会費は流石に1万円くらいです」

この子も有名芸能人枠ではあるので住んでてもおかしくはないが……しかしまさか十代くらいの

女の子がここに住んでいるとは、開いた口が塞《ふさ》がらないな。

あと、ネルさんがタマのエンハンスに驚いていた意味も分かった。

首都圏から関西まで十分は、ちょっともう訳の分からない飛行速度だ。

つーかタマ、人に因果律を変えた超強力エンハンスをかけつつこの速度で飛べるなんて……今までのビル上移動、全然全力から程遠かったんだな。

こりゃ「国境なき探索者」資格と合わせてマジで海外旅行し放題かもしれんぞ。

「じゃ、いつまでも家の前で突っ立ってるのもアレなんで、中に入りましょうか。さ、どうぞ」

ネルさんがギターをクルクルっと回すと、目の前の家の重厚な門がそれに呼応するかのようにゆっくりと開いた。

……ギターをリモコンにしてんのかい。

にしても、こんな立派な家となると余計に俺なんかが入っていいのか躊躇《ちゅうちょ》してしまうな……。

「にゃ」

おいタマ、念力で押すんじゃない。

俺はタマの誘導により、自分の意思とは無関係にネルさんの家の玄関まで入ってしまった。

ここまで来てしまってはもう引き返す選択肢もないので、俺は靴を脱いでリビングに上がらせてもらった。

「しかし……なんでまた六麓荘町に住もうと思ったんですか？」

部屋の家具やスマートデバイスについて、一通り説明を受けた後のこと。

ふと俺は土地の選定理由が気になり、ネルさんに質問してみることにした。

これほどの豪邸に住むくらいなら、例えば港区のタワーマンションの最上階なんかに住むって選択肢もあったはずだ。

むしろそっちの方が安上がりな上に、仕事場とも近くて利便性も高かったことだろう。

確かネルさん、ここに来る前に東京の仮住まいがどうのとか言ってたと思うが……なぜそこまでして六麓荘町にこだわったのか。

「そうですね……何て言えばいいんでしょう？　敢えて言葉で表すなら、『自分という人間が誤解されたくなかったから』とかになりますかね……」

ネルさんからはだいぶ抽象的な答えが返ってきた。

あー、でもまあ何となく言いたいことは分かった気がするぞ。

「なるほど。あれですか……やっぱり自分でちゃんと稼いでる身としては、金持ち男の腰巾着《こしぎんちゃく》みたいには思われたくなかった的な？」

「そうですそうです！　小さい頃は、麻布《あざぶ》の高層マンションとかに住むのも憧《あこが》れだったんですけどね……。私がそこに住むのに十分な稼ぎを得る頃には、昔憧れてたのとはナンカチガウ感が強くなってしまったので、思い切って東京の外に目を向けてみて、ここに理想の土地を見つけました！」

予想してみたら、見事的中させることができた。

ネルさんは真っ当な手段で稼いでるんだから、要らぬ誤解を避けたいと思うのも当然だよな。

「それでなんか私、東京の仮住まいの方もタワマンとかはなんか嫌だなーって思うようになっちゃって……事務所は港区にあるのに、意地でも避けようと思ってお隣の千代田区のアパートに住んでるんですよね。ちょっと気にしすぎと言われればそうかもですけど」

それは……なんか思った以上の徹底ぶりだな。

『雷神飛翔』があるネルさんにとっては、区を一つ跨ぐくらい一般人でいう「徒歩圏内」みたいなもんなのかもしれないが、アイドルが一般のアパートに住むのって危険とかないんだろうか？

「それ、セキュリティ面とか大丈夫なんですか？」

「そこは気にしたこともありませんね。私自身がセキュリティみたいなとこありますんで！　逆に言えば、私に危害を加えられるほどの輩《やから》の前ではタワマンのセキュリティとかあってないようなもんだと思いますし」

……それもそうだな。

確かに、タワマンがヒヒイロカネ・ランスヘッドバイパーにボコボコにされて無傷でいられるとは到底思えない。

建物のセキュリティとかは、ネルさんからすれば誤差ってわけか。

「ま、でも事務所の後輩とかはマネージャーさんから『ああいう場所に住むのは真似《まね》するな』と言いつけられてるみたいですけどね～」

そりゃそうだろうな。

その気になれば稲妻でストーカーを丸焦げにできるネルさんならともかく、Eランクのアイドルとかがオートロックもないマンションに住むのはとても推奨できないだろう。

だからこそ、ネルさんにとっては一周回って「有名人なのに簡素なアパートに住める」のが自慢だったりするのだろうか。

「って……こんな話をしてる場合じゃなくて、配信のノウハウを話さなきゃですよね。でもその前に、せっかく招待させていただいたからにはしっかりおもてなしはしたいと思います！　ご飯の準備しますので、お２人はゆっくりくつろいどいてください！」

ネルさんはハッとしたような表情でそう言うと、壁一面にかかっている巨大テレビの電源を入れ、キッチンへと走っていった。

ゆっくりくつろいどいてと言われても、何をすればいいんだろうか。

机の上には何やらBlu-rayが何枚か乱雑に置いてあるが……これとかは見てもいいものなのか？

「あのーネルさん、ここのBlu-rayとかって見てもいいんですか？」

「いいですよー！　ただそれ、復習のために事務所が撮って送ってくれたボイトレの録画なんで、見て面白いかは不明ですが！」

聞いてみると、キッチンの方からそんな声が響いてきた。

歌……そりゃそうか。ダンジョン配信がメインコンテンツだとしても、アイドルなんだからライブもするか。

なかなか一般人にはお目にかかれないコンテンツだと思ったので、せっかくだし見てみることに。

『うーん、この曲調だったら、トップノートまでミドルボイスで侵入して芯《しん》のある声で歌った方が良いと思うんですよね……』

『なるほど、じゃあエッジボイスからアーの発音に切り替える練習を第三声区でいっぱいやりますね』

『いや、エッジボイスはあくまでコードクロージャーを強めるものであって、ここで欲しい声を手に入れるにはモーダルレジスタの維持が必要なんですね。そのためには声門上圧をより加えるためにハイラリンクスエクササイズを……』

……うん。専門用語が多すぎて何も理解できん。

てかボイトレの先生、なんか解剖模型持ち出して説明しだしたんだけど……プロのボイトレってここまで専門的なのか。

消して普通にテレビ番組でも見ようかと思った俺だったが……なんかタマが楽しげに練習の真似をしだしたからこのままにするか。

「にゃんにゃんにゃんにゃんにゃんにゃんにゃんにゃんにゃんにゃ♪」

俺はテレビではなくタマを見ながらご飯ができるのを待つことにした。

なんかタマがいつもの声と別に謎の美声も使い分けられるようになった頃のこと。

「お待たせしました〜！」

どうやら料理が完成したようで、ネルさんがそう声をかけてくれた。

振り向くと、そこにはエプロン姿のネルさんがいて……数品の料理が載ったお盆を手に持っていた。

保温のためか、ご丁寧にも料理は全て蓋《ふた》が被《かぶ》せられていて、さながら高級ホテルの食事のような雰囲気を醸し出している。

「はい、これが哲也さんの分です！」

そう言ってネルさんは、目の前の大理石のテーブルにお盆を置いてくれた。

「ちょっと待っててくださいね……」

そしてネルさんは一瞬別室に消えたかと思うと、今度は十数本のマタタビの枝を抱えて戻ってきた。

「はい、これはタマちゃんの分！」

「にゃー！（わあ、なんて美味《おい》しそうにゃ！）」

枝を見て……タマは爛々《らんらん》と目を輝かせた。

「にゃ～！（神経伝達の因果律を操作して、安全に全部しゃぶり尽くすにゃ！）」

これを中枢神経の異常なく食べ切れるってんだから、ほんと大したもんだ。

因果律操作のバーゲンセールで笑ってしまうが。

「哲也さんも蓋を開けてみてくださいよ！」

「あ……はい」

ネルさんに促され、俺は料理の蓋を取っていった。

するとそこにあったのは……とても普段は食べられない高級料理の数々だった。

うな重、伊勢海老《いせえび》の鬼瓦《おにがわら》焼き、それに肝吸いまで。

「お、おわぁ……」

誕生日にすらありつけないようなご馳走《ちそう》の数々に、思わず俺は変な声を出してしまった。

タマが発声練習の真似をしだしたくらいの時に一瞬、『雷神飛翔《らいじんひしよう》』で出かけたような音は聞こえてたが……お礼のためだけにこんな高級食材を取《と》り揃《そろ》えてくれたというのか⁉

それに何より、ネルさんって料理の腕もえげつないんだな。

十代でこんなの作れる人なんて調理師の専門学生くらいのもんだろ。

「お口には合いそうですか？」

「も、もちろんです……。すみません、こんなに張り切っていただいて」

「当然じゃないですか！　哲也さんとタマちゃんがいなければ、今頃私はもうこの世にはいないんですから……」

ネルさんはそう言った後、自分の分の料理も運んできて、食事がスタートすることとなった。

「それじゃ一緒に〜」

「いただきます」

「「にゃ〜ん（いただきますにゃ）」」

……なぜネルさんが挨拶《あいさつ》をタマの方に合わせる？

ともかく、冷めないうちにと思い早速俺は伊勢海老から口に運んでみた。

うお……何だこの身のプリプリ感と弾《はじ》けるような旨味は。

築地の海鮮も凄《すご》かったが、そこにプロレベルの料理の腕まで加わるとここまで格が違うものなのか……。

どれも人生で一番レベルで美味しくて、ゆっくり堪能したかったにもかかわらず、気づいた時には全部平らげてしまっていた。

「ああ、もう終わってしまった……」

「うふふ、そんなに気に入ってくださったんですね。予定さえ合えばいつでも作ってあげますよ！」

いや、流石《さすが》にそれは申し訳ない。

「にゃ～（ありがとうにゃ。また来るにゃ）」

「おーよしよし！」

タマ……お前もはやフラグでタワマン建てる気だろ。

「ふい～」

ネルさんは相当疲れていたのか……タマの背中に体を預けてくつろぎ始めた。

「タマちゃんの呼吸が……ちょうどいい揺れになって……心地いい……ですね……」

今にも寝てしまいそうなくらい、話し言葉がゆっくりになるネルさん。

あれ、配信の話してくれるんじゃ……。

いやでも疲れてるなら、起きてからしてもらうんでもいいか。

と思っていると、ふいにタマがいつも以上に優しげにこう鳴いた。

「ごろごろ～～（レムにゃ～～ノンレムにゃ～～）」

すると……三秒後。

ネルさんはまるで遅刻が確定した会社員かのような勢いでバッと目を覚ました。

「あれ、私……八時間くらい寝ちゃいました⁉　哲也さんに配信のレクチャーをしなきゃだったのに、本当にすみません！」

「いや……寝始めてから三秒くらいしか経《た》ってないですよ？」

さっきのゴロゴロ音には、三秒で八時間分の睡眠を取らせる効果があったか。

「あ……本当だ！　良かったあ……」

ネルさんはホッと胸を撫《な》でおろした。

「では満を持して……ちょっと待っててくださいね」

ネルさんは別室に行ったかと思うと、大きめのホワイトボード（なんで家にホワイトボードがあるのかは知らないが）を持って戻ってきた。

そして、プロによる徹底解説がスタートした。


「まずはそうですね……正直、哲也さんの場合は色々イレギュラーすぎてどんな伸び方をするかさっぱり分からないので、とりあえず一般論から話しますね」

ネルさんはそう前置きすると、ホワイトボードに「１０００」という数字を記入した。

「チャンネル登録者１０００人。これが、初心者の場合当面の目標となります。どれくらいの再生数が要るかは登録者へのコンバージョン率次第でもあるのでまちまちですが、とにかくまずはここ

を目指してください」

「なるほど」

確かに、その数字は何となく聞いたことがあるな。

なんか収益を得られる要件の一つがそんな感じじゃなかったか。

「最初の目標、と聞くと簡単に思えるかもしれませんが、これ実はかなり難しいんですよね。一つ登録者1000人のチャンネルがあれば、その裏には100以上の屍《しかばね》が転がっていると思っていい。それくらい厳しい世界なんです」

「お、おお」

いきなり凄いシビアな話になってきたな。

そんなこと言われたら、到達できる気がしなくなってくるぞ。

「とはいえ、恐れることはありません。正しい努力の方向性で試行回数を増やせば、決して達成不可能な目標ではないですから。一つの目安として……最初に五本の配信なり動画なりを上げて、そこで登録者100人に満たなければ、そのチャンネルは捨ててコンセプトごと新しいチャンネルを立ち上げた方が良いでしょう」

ネルさんは新たに「五本で100人」というワードをホワイトボードに書き足した。

「その点、哲也さんの場合は『ダンジョン系配信者』と『ペット系動画投稿者』の二軸を試せるので少し有利かもしれません。伸びたら後で路線変更したり、サブチャンネルで本当にやりたかったことを始めたりできますしね」

「そういう考え方になるんですね……！」

具体的な対策の話が聞けて、俺の中で一回萎縮《いしゅく》しかけたモチベーションが元に戻った。

「最初は始めたいコンセプトでやってみればいいと思います！　何事も、好きなことからまずやってみるのが近道ですから」

「参考になります」

じゃあ最初は、当初の予定通りダンジョンを攻略するタマの様子を映すチャンネルでやっていくか。

ダメだったらペットの日常系投稿者で再スタートと。

「そして生配信をするのでしたら……こちらはもう一つ、重要な指標があります。それは同時接続者数、通称『同接数』です」

続けて説明するネルさんの口からは、新たな概念が飛び出てきた。

「同接数？」

「生配信をその時点で視聴している人の総数を示す数字です。ライブをやっているその瞬間に何人の観客がいるか、みたいなイメージですね。特に我々のような生配信をメインコンテンツに据える界隈《かいわい》では、再生数や登録者数よりこの数字が特に重要視される風潮がありますね。言わばチャンネルがどのくらい盛り上がっているかを示す『戦闘力』みたいなものだと考えてください」

ネルさんはホワイトボードマーカーを黒から赤に持ち替え、デカデカと「同接数＝戦闘力」と書き記した。

「そんなに大事なんですね。そちらはどのくらいの数字を目指せばいいですか？」

「そうですね……だいたいの目安としては、１００人で初心者卒業、１０００人で中堅上位、五桁《けた》になるともう最上位勢くらいって感じですね。10万を超えるのはよっぽど巨大な企画か大人数コラボの時くらいで、普段の配信で維持できる数字ではなくなってきますね」

ネルさんは横にピラミッドを書いて数字を入れつつ、そう説明する。

「ただ、これに関しては初心者の場合、逆に『少ないことを気にしすぎない』ことの方が大事だと思います。最初は5人くらいしかいないのが普通、10人を超えることができれば大成功って次元ですから。特に事務所とかに所属していない個人勢の場合、しばらくはそんな数字で推移する期間も続きますが……それでも伸びる人は、そこから１００人、１０００人と増やしていきますからね」

「なるほど」

立ち位置は何となく把握しつつも、最初は同接数には一喜一憂しない方がいい、と。

「私だって最初は個人勢だったので、同接数一桁の時代が数か月続きましたし、酷《ひど》い時は同接数2人とかの日もありました、あの時期は、本当にこれでやっていけるのかと不安でしょうがなかったですが……今ではもう告知なしのゲリラ雑談配信とかでないかぎり同接数五桁を切ることはなくなりましたから。そういう前例もいるというのを心の支えにしていただければ幸いです」

「あ、ありがとうございます」

そう言ってくれると本当に心強いな。

「あとは……配信の上で気をつけるべき点、ですよね。私が大事にしてるのはやはり、『視聴者にしっかり反応してあげること』と『コンスタントにコンテンツを出すこと』の二つですかね？　視聴者にしっかり反応するのは濃いファンを作る上で必須ですし、濃いファンの数は配信の盛り上がりに直結しますから。あと、いくらバズってもそのまま放置していては一発屋で終わってしまうので、せっかく手に入れたボーナスタイムをしっかり維持していくこともとても重要です」

配信で気をつけるべきことに関しては、ネルさんは非常にシンプルな結論を話した。

「な、なるほど……」

とはいえ、それが難しそうなのだが。

「トーク力は一朝一夕で身につくものではありませんが……哲也さんの場合、戦闘をタマちゃんが全面的にやってくれる分、自分は視聴者とのコミュニケーションに集中できるというメリットがあるはずです。まずはタマちゃんのテレパシーを解説するだけでもいいので、できる範囲で話すことに慣れていくと良いと思います。コンテンツの頻度に関しても、会社員をしながらだと毎日投稿とかは当然厳しいと思いますが……こちらも『家でのタマちゃんの様子のショート動画をトゥイッターに上げる』程度でもいいので、できる範囲でやっていただければと」

「おお、ありがとうございます！」

流石一線級のプロってだけあって、俺のケースに当てはめて具体的かつ現実的なアドバイスをくれるのが特にありがたいな。

なんというかこう、凄く勇気をもらえるぞ。

「こんなにも親身になってアドバイスをもらっては……もう始めないって選択肢がなくなっちゃい

ましたよ。最初はちょっとやってみようかなくらいだったんですけどね。早速次回のダンジョン攻略から配信してみようと思います！」

退路を断つためにも、俺はそう宣言した。

「そう思っていただけたならお話しした甲斐《かい》がありました！」

この決断はネルさんも嬉《うれ》しいようで、にっこりと笑ってそう言ってくれた。

「良かったら、アカウント作成とか概要欄の書き方とかも見ながら一緒にやれますが……ここで済ませていきます？」

「それは……いいんですか？　ありがとうございます」

初期設定までサポートしてくれることになったので、俺はスマホの画面を見せつつネルさんの指示をもらいながらゲラゲラ動画とトゥイッターの開設を完了させた。

それが終わるともう結構夜も更けていたので、今日はここで帰ることに。

「また来てくださいね～！」

「にゃあ（もちろんにゃ）」

見送りに出てくれたネルさんに、タマが勝手に約束を取り付ける。

「最初の動画を上げてくれたら、二本目以降でそちらのチャンネルに伺いますから、またコラボしましょう！」

「そこまでしてくださるとは……ありがとうございます！」

なんかもう、本当に至れり尽くせりで頭が上がらないな。

「それではまた！」

「ええ。タマちゃんもまたね～！」

「ごろにゃ～ん！（配信、がんばるにゃ～！）」

挨拶を交わすと、タマが走り出す。

六麓荘町の巨大な豪邸群もどんどん小さくなり、しばらくするともう家に到着していた。

第三章　伝説の始まり！「育ちすぎたタマ」チャンネルの始動

三日後の水曜日。

有休を取得することができた俺は、記念すべき初配信を撮影するために、タマと一緒に越谷《こしがや》のダンジョンへ向かうことにした。

……なぜ漆黒のブラック企業に勤める俺が平日に有休を使うことができたかって？

その経緯は、月曜日の夜にまで遡《さかのぼ》る。

月曜日の夜、俺はネルさんに言われた「バズってもそのまま放置していては一発屋で終わってしまう」という言葉を思い出し、次の日曜日が来るまで初配信ができない状況をもどかしく感じていた。

すると、そんな思いを察したのか……タマは「良いこと教えるにゃ。@＊＊＊＊＊ってアカウントを検索するにゃ」などと、意味深なことを言いだしたのだ。

言われた通り調べてみると、それはとある二十代女子のアカウントで……直近の投稿写真には、あろうことか高級バーの窓に反射した弊社取締役（※既婚者）の顔が映り込んでいた。

それを見て、俺は察したのだ。

これを黙っておく代わりに、有休を取得させてもらえるよう交渉しろってことだな……と。

火曜日の朝、早速俺はそれを実行した。

するとこれがまあ効果抜群で……取締役が直属上司に圧をかけてくれて、普段は絶対承認されないはずの有休が、難しい顔一つされることなくすんなりと通ったのだ。

そんなわけで、俺は今日会社を休んでダンジョンを探索できるのである。


家を出る前に、まずは諸々の準備をしておく。

やることは二つ、ゲラゲラ動画での配信の予約と、そこで取得したリンクを用いてのトゥイッター上での告知だ。

日曜日にネルさんに教えてもらった手順で、まずは配信予約から。

タイトルは「はじめまして、先日急に巨大化したうちのタマです」とかでいいか。

サムネは俺がつま先立ちで背伸びしながらタマを撫《な》でているところのツーショット。

これは日曜日に「人との対比でタマちゃんのサイズ感が一発で伝わるし、最初の動画のサムネに良いかもしれません」とネルさんに撮ってもらったものだ。

公開設定は「予約公開」、概要欄はネルさんと一緒に何パターンか作った定型文のうち一つをセットしてと。

一通り終わり「次へ」ボタンを押すと、配信のＵＲＬが生成された。

そしたらそのリンクをサムネ画像と共にトゥイッターに貼り付けて、これで告知も完璧《かんぺき》。

まあさっき作ったばかりのアカウントでまだフォロワー０だから、今日は告知してもしなくても一緒だがな。

ここまでできたら、いよいよ出発だ。

ネルさんにもらった浮遊カメラを忘れず鞄《かばん》に入っているのを確認し、玄関を出てタマに乗る。

いつもの移動方法で、五分もせず俺たちは越谷のダンジョンに到着した。

ダンジョンの入り口をくぐり、カメラを浮遊させてスマホと無線接続したら、ついに配信開始。

公開設定を「予約公開」から「今すぐ公開」に切り替えたら開始となるのだが……初めてだからか、このボタン押すのめっちゃ緊張するな。

若干震える手で、意を決して公開設定切り替えボタンを押下する。

すると……スマホの画面上部に、配信中を意味する赤い丸のマークが表示された。

スマホ画面では、今カメラに映っている（＝配信されている）映像と、コメントや同接数（現在の視聴者数）などが確認できるようだ。

全く無名の配信者が数秒前に始めた配信なので、当然同接数は0でコメントもない。

配信が終わる頃には10人、いやせめて5人くらい集まってくれているといいな。

などと思いつつ、俺は始まりの挨拶《あいさつ》を口にした。

「どうもー、『育ちすぎたタマ』チャンネルへようこそ。画面に映っているのがタマで、今喋《しゃべ》ってるのが飼い主の哲也《てつや》です」

これがウチのデフォルトの挨拶だ。

「育ちすぎたタマ」というのは、このチャンネルのチャンネル名。

どんなチャンネル名にするかは、結構悩んだポイントなのだが……ふと思い浮かんだこの「育ちすぎた」というフレーズがタマの強さ、大きさ、寿命の長さなどを包括的に表している気がして、最終的にこの名前に落ち着いたのだ。

「今日は越谷の危険度Dダンジョンにお邪魔してます。これからこのダンジョンで、タマの強さをお見せしていこうと思います」

同接0人だと喋っても意味ない気もするが、アーカイブ経由で新規のファンが付く可能性もなくはないことを考慮すると、とりあえずこうしてトークを繰り広げるのも全くの無駄ではないだろう。

「まずはある程度普通にここのモンスターを倒してもらって……その後は転移トラップでも使って、高難易度のダンジョンも攻略していきましょうかね。あ、タマは転移トラップで行き先を自由に選択する能力があるので、勝てない敵がいるところに飛ばされるリスクはないです」

だいたい冒頭ではどんな配信内容にする予定かを話すものだとネルさんから教わったので、俺はざっくりとそう語った。

ちなみに今日は、スルー草の採取はしないつもりであり、タマには食虫植物は避けるルートを通るように言ってある。

もしスルー草採取を動画内でしていたら、万が一この動画が上司の目に留まってしまった場合に「お前俺の話聞いてないだろ」と詰められる原因になってしまうからな。

まあそれも、聞かないで済むと言えば済むのだが……。

「タマは……どんどん進んでいきます」

だんだん言うことがなくなってきた。

本当は敵と遭遇するまでトークで繋《つな》げるのが理想なんだろうが、初めての配信でかつコメントも来ない状況じゃ、流石《さすが》にそれはハードルが高いよな。

うん、最初の敵に遭遇するまでは、無理に意味のない言葉を捻出《ねんしゅつ》したりはせず今後の実況の余力を残しておこう。

そうしてしばらくの間、俺たちは無言で歩く時間を続けることになった。


異変が起きたのは……猿型モンスターの出現エリアが終わり、コウモリ型のモンスターが出てきだした時のことだった。

それまでの配信は非常に小ぢんまりとしていて、同接数は五〜十分に1人くらい、ぽつりぽつりと増える程度だった。

その視聴者も特にコメントを打ってくれるわけではなかったので、俺が喋ったことといえば、タマへの指示と「新規さんいらっしゃい」くらいのものだ。

だが……コウモリを倒し、そのカプセルを拾った時に新しく入ってきた視聴者は、今までと様子が違った。

「新規さんいらっしゃ――」

：チャンネルできてて草　スレに報告してくる

「――え？　あ、コメントありがとうございます……」

見に来た瞬間、その視聴者はコメントをくれたのだ。

それはいいのだが、問題はその中身だ。

スレに……報告？

スレってあれか、ネット掲示板的なやつのことか？

「チャンネルできてて草」って書くってことは、この人たぶん配信に来る前からタマを知ってる人だよな。

掲示板でネルさんとのコラボ配信が話題になってて、そこのスレにリンクを貼ってくれようとしているのだろうか……。

などと考察していると、恐ろしいことが起こり始めた。

「ど、同接数100……280……1000……1300……まだまだ上がってく……！」

故障かと思うくらいのペースで、同接数が膨れ上がりだしたのだ。

俺は手の震えでスマホを落としそうになってしまった。

おいおい、なんだこの指数関数的な同接数の増加は。

たった1人が掲示板に書き込んだだけで、「初心者ならこれくらい行けば御の字」とされる数値の百倍を軽く超えてくなんて、そんなことあり得るのか……？

しかし……そんな同接数の急増も、一旦《いったん》1500くらいで落ち着きを見せ始める。

が、今度はコメントが慌ただしくなりだした。

：ほんとにやってて草
：チャンネル名「育ちすぎたタマ」ｗｗ
：俺トゥイッターで宣伝してこよ
：俺も
：伝説の始まりに出会えたことに感謝！

そんなコメントを筆頭に、処理しきれないほどの量のコメントが殺到しだしたのだ。

これが視聴者が増えた時のコメントのスピード感か。

視聴者側として見ていた時には何とも思わなかったが、改めて配信主として見るとほんとえげつない勢いだな……。

世の配信者たちは、これを上手《うま》いこと捌《さば》きながら毎日配信を行っているというのか。

俺もいつか慣れるのかな。

とりあえず、全部に返事するのは到底無理なので一旦諦《あきら》めてと。

特にありがたいコメントから順に拾い上げていくとするか。

「拡散してくださるという方、ありがとうございます……！」

コメントの中にちらほら「〇〇（↑任意のＳＮＳ）で宣伝する」系のがあるため、まず俺はそれらへのお礼を言った。

そうしていると……またもや確変が起こりだした。

「ど、同接数１７００……２５００……４０００……６０００……う、うおおお！」

宣伝してくれた人の中にアルファトゥイッタラーでもいたのか、同接数の増加にさらなる拍車がかかったのだ。

最終的には、同接数は一万を超えるに至った。

「ね、タマどうしよどうしよ！　なんか一瞬で同接数五桁《けた》にまで伸びちゃったよ⁉」

「にゃあ（どうするもこうするも、ただ淡々と敵を倒して見せ場を作るのみにゃ）」

「す、凄《すご》いなータマ……まるで百戦錬磨の戦士みたいなメンタルだ……」

「にゃ（たくさん見てくれてるからこそ、しっかり見せ場を作るにゃ）」

あれ、もしかして俺ちょっとはしゃぎすぎかな。

いや、じゃなくて流石にこれはタマのマインドの方が猫生三周目くらいなだけだよな。

まあでも確かに、ここで浮かれてはならない。

数字だけ見れば最上位勢の仲間入りだが、まだ同等の実力があると証明できているわけではなく、あくまでバズのおかげの瞬間最大風速に過ぎないかもしれないのだ。

ここで見にきてくれた人たちがファンになってくれるかが勝負なわけで……今こそ一番気を引き締めないと。

「こんなにもたくさん……皆さん、見に来てくれてありがとうございます。画面に見えるのがうちのペットのタマです。今後ともどうぞよろしくお願いします」

とんでもない量の新規が来たことを受け、俺は改めてタマを紹介した。

というか同接数とコメントに気を取られて気づいていなかったが、ちょうど今次のコウモリがタマの前に近づいているようだ。

「にゃ（ひっかくにゃ）」

タマが左の前足を振ると、コウモリは真っ二つになり、カプセルへと姿を変えた。

「ご覧いただけましたでしょうか。今のがタマの〝ひっかき〟です。何で足を振るだけで触れてもない敵が真っ二つになるんでしょうね……でもそういうもんらしいです」

：ええ……

：思ったよりやる気のなさそうな一撃で草

：→の割になんつー殺傷能力

：エグすぎて引いた

：ひっかきの概念壊れる

：飼い主も疑問に思ってて草　なんでこっち側やねんw

解説を入れてみると、怒涛《どとう》の反応が返ってきた。

「なんでこっち側やねん」て言われてもなあ……俺だって三週間ほど前まで普通の猫としてのタマしか知らなかったんだから仕方ないだろ。

コメントを見る限り、今の状況も十分楽しんでくれてはいるようだが……とはいえやはり危険度Dの敵だと画的《え》に地味な感じは否めない。

これはこれでホームビデオ感があって良いのだが、それでも最後はやはり転移トラップでワープしたいところだな。

「タマ、転移トラップでの行き先なんだが……実際の強さというより、戦闘の見た目が派手になりそうな敵がいるダンジョンを選んでくれないか？」

「にゃあ（お安い御用にゃ）」

転移トラップを使うことを視聴者向けに仄《ほの》めかす意味も込めて、俺はタマにそんな指示を出した。

いや待て……そうは思ったものの、やっぱりこの発言はマズかったか？

「画的に映えるように」とかそういうのは裏で考えることであって、視聴者の前で言ってしまうと逆に白けさせてしまう原因になったりしないだろうか。

失敗したな……。

一瞬、俺は冷や汗が出そうになった。

しかし、コメント欄を見てみると。

：ダンジョンを……「選ぶ」？？

：ちょっと言ってる意味が分からない
：まず転移トラップにかかるのが前提の会話が草なんよｗ
：当然のように常識を超えたやり取りを始めないでくれｗｗ
：流石に転移トラップにわざと引っかかるのはマズいって
：→ヒヒイロカネ・ランスヘッドバイパーを単独でボコれる奴《やつ》はどこ行ったって死なねえよｗ

どうやら杞憂《きゆう》のようだった。セーフ。

みんなの期待も高まったみたいだし、今回は結果オーライだろう。

「タマ、転移トラップまではあとどれくらいだ？」

「にゃあ（あと八分くらいにゃ）」

「皆さん、転移トラップまではあと八分くらいで着くそうです。それまでは、危険度Ｄを堪能するかわいいタマをじっくりご覧ください！」

：いまのどういう会話？ｗ
：あと八分はどっから出てきたんや……
：タマちゃんの鳴き声を翻訳してくれた？
：猫の気持ちが分かるくらいならともかく、猫語を翻訳して情報を得る飼い主は流石に草なんよ
：というか猫が目的地までの所要時間を正確に把握してること自体おかしいのを忘れてはならな

い

「あ、皆さん……ちなみに今のは俺が猫語を理解したのではなく、タマが鳴き声と同時にテレパシーを発し、日本語で伝えてくれてます。俺はそれをそのまま喋《しゃべ》ったまでです」


そんな話をしつつ、ひたすら早足で歩みを進める。

が……ふいに、タマが立ち止まった。

「どうしたタマ?」

「にゃ……(なんかあっちは嫌な予感がするにゃ)」

何かと思えば、タマはそう言って十数メートル引き返し、分岐路の別方向に進みだした。

嫌な予感って……いったいタマは何を感じたんだ?

不思議に思いつつも、とりあえずタマについていく。

すると——突如として、突き当たり正面の丁字路で強烈な熱線が走ったのが目に入った。

熱線で焼かれた後の壁や地面は、真っ黒に焦げて煙を上げている。

なんだ今のは。

丁字路の向こうに、いったいどんなモンスターがいるんだ……。

この破壊力って、本当に危険度Dの範疇《はんちゅう》か?

嫌な予感ってのは、そうじゃない魔物が現れるのを検知していたのだろうか。

だとしたら呪われすぎだろこのダンジョン。

二週間で二度も本来の危険度を外れたモンスターが出るとかさ。

などと思っているど……1人の男が涙目かつ錯乱状態で丁字路の向こうから走ってきた。

「いだあぁぁぁぁぁぁぁ！！！！」

その男は——熱線を避《よ》けきれなかったのか、左腕が焼けて完全になくなってしまっていた。

◇◇◇［side：とある迷惑系配信者］◇◇◇

哲也が配信を始めたのとほぼ同時刻のこと。

「どーもー、くちょにんげんでーす！　いえええええい！」

越谷のダンジョンの中層付近で……1人の男がカメラを回し、醜い笑顔を配信に晒《さら》して挨拶《あいさつ》をしていた。

「今日はここ越谷の危険度Dダンジョンで、クソおもれえイタズラをやっていこうと思いま～す！」

彼の名前は霧《きり》　頼太《らいた》。

「くちょにんげん」というニックネームで活動する、個人勢のダンジョン配信者だ。

彼の現在の主な配信内容は、ダンジョンの荒らしや他の探索者の活動の妨害など。

炎上で再生数を取ることを目的とした、いわゆる「迷惑系配信者」というやつだった。

なぜ彼がそんなジャンルに手を染めたかというと……それはもうシンプルに、それ以前の活動方針ではチャンネルが泣かず飛ばずだったからだ。

元々彼は、危険度Fダンジョンで人語で悪態をつくスライム（通称ゲスライム）を拷問し、その反応を撮影して配信するいわゆる「ス虐系投稿者」だった。

そのジャンルで活動を始めた理由は、「誰がやっても、どんなにクオリティが低くても一定の再生数は必ず取れるから」という、これまたあまりに舐《な》め腐った動機だった。

しかしその再生数は、「虐厨《ぎゃくちゅう》」と呼ばれる熱狂的な過激ファンが依存症かってレベルで全動画を見漁《みあさ》るからに過ぎないため、このジャンルは「一定ラインまでは伸びるもののそれ以上はまず行けない」というデメリットも同時に抱えていた。

彼も例外ではなく、毎回２０００再生くらいは安定して取れるものの、３０００再生を超える動画は一本として作ることができないでいた。

登録者数も１００人を超えてからは微増微減を繰り返すだけで一切伸びてゆかず、収益化など夢のまた夢という状況に。

それに嫌気が差した彼は、趣向を変えて別の意味で過激なことをするチャンネルに鞍替《くらが》えすると決めたのだった。

方針転換後、最初に彼が出したのは「ダンジョンで立ちションしてみた」というタイトルの動画。

彼の目論見は少なくとも「どんな手を使ってでも再生数を伸ばす」という点においては成功で、この動画はなんと一週間で1万再生を突破するに至った。

味を占めた彼は、ここからますます炎上芸にのめり込むように。

ス虐系投稿者の頃は、少なくとも人間に迷惑をかけてはいなかったが、ここでついに彼は完全に人の道を踏み外すこととなった。

それからの彼の投稿は、最初こそ「ちょっと人が嫌がる程度」だったが……回を重ねるごとに、過激さがどんどん増すように。

つい先日は、「交戦中の探索者の目をレーザーで狙ってみた」という配信にて、ターゲットとなった探索者の注意力を著しく削《そ》ぎ、モンスターの攻撃で重傷を負わせる事態に発展してしまった。

被害者の探索者が、モンスターからのダメージだけでなくレーザーによっても失明寸前のダメージを受けていたことが明らかになると……瞬く間にその配信のアーカイブは大炎上。

怒涛の批判コメントと共に、その配信は１００万再生を突破してしまった。

それを受け、彼はというと……批判コメントを「注目されている快感」と受け取り、次の配信ではもっと甚大な被害を出そうと決意する始末。

「今回やるのはぁ～、禁忌指定の『モンスター召喚』でぇぇぇぇっす！」

今日の企画は……やればどんな探索者も一発で資格剥奪《はくだつ》、死ぬまで再登録不可、更に1億円の賠償金という激重ペナルティを受ける重大違反行為の「モンスター召喚」だった。

モンスター召喚とは、文字通りダンジョン内でモンスターを呼び出す行為なのだが、これが禁忌とされているのには二つの理由がある。

一つ目は、意図せず想定外に危険なモンスターを呼び出すリスクがあまりにも高すぎるからだ。

モンスター召喚の基本的なやり方は「血でダンジョンの地面に渦巻き模様を描く」というもので、理論上は血にどんな魔法毒を混ぜるかで召喚モンスターをピンポイントに指定できるとされている。

しかしこの「血と魔法毒の混合」が曲者《くせもの》で、少しでも魔法毒の純度が低かったり混合にかける時間が規定と違ったりすると、希望とは全く別のモンスターが出てきてしまうのだ。

どれくらいシビアかというと、博士号を持つ専門家が3人がかりで危険度Bのキングオーガを召喚しようとしたところ、危険度Aのバジリスクが出てきてしまった事件もあるほど。

想定より強いモンスターが出ると召喚者で対処しきれず、無関係の人にまで被害が及ぶリスクがあることから、これは絶対に行ってはならないと迷宮協会が警鐘を鳴らし続けているのである。

そして二つ目は、召喚されたモンスターがダンジョンに留《とど》まるとは限らないからという理由だ。

ダンジョン産のモンスターは、放置しすぎて個体数が限界を超えて溢《あふ》れ出《だ》す（いわゆるスタンピード）のでもない限り、ダンジョンから絶対に出てこない。

だからこそ、仮に危険度Aダンジョンが街中にあったとしても、一般市民の安全が脅かされることはまずないのだ。

しかし……召喚されたモンスターにはそのような制約がないので、ダンジョンを出て街中に出てしまうことが十分にあり得る。

そうなれば最悪何十万人に被害が出かねないし、一件でもそんなことが起これば迷宮協会や探索者という職業の信頼が地に落ちかねない。

市民の安全や探索者の名誉を守るためにも、協会としては何としても誰かがこの行為に及ぶのを未然に防ぎたいのだ。

しかし、それだけタブー視されている行為だからこそ……彼の脳みそには他のどんな迷惑行為より魅力的に映ってしまっていた。

巨額の賠償金のことを考えれば普通に彼の人生も破滅する行動なのだが、すこぶる考えが浅い彼は「まあ泣きつけば実際の被害額程度の支払いで済むっしょ。そしたら収益で差し引きプラスっしょ」とあまり事態を重く受け止めていなかった。

そんな彼のモンスター召喚方法は……「何も混ぜてないただの血で渦巻き模様を描く」という、完全ランダムの純粋なギャンブル。

「じゃーん、血液製剤～！　ダチの看護師脅してパシらせましたぁ～！」

昔いじめていた、今は看護師をしている元同級生を恐喝して盗ませた血液製剤を高らかに掲げ、彼はそう宣言した。

：おいおいマジかこいつ
：は……？　ふざけんなよ、どんな神経してんねん
：誰かコイツを止めに行けよ
：埼玉県民全員今すぐ県外に逃げて
：お前が死ぬのは勝手だが善良な市民を巻き込むな
：いい歳してイジメを自慢するとか最低

ヒートアップするコメント欄を見て、彼は口角をつり上げた。

「良い感じにギャラリーも集まったところでぇ～、いっきまーす！」

彼は血液製剤の中身を皿に出すと、懐から筆を取り出し、地面に渦巻き模様を描き始めた。

「じゃーん、完成！」

描き上げて数歩下がると、渦巻き模様は次第に不気味な光を発し始めた。

「なにが出るかな、なにが出るかな」

上機嫌に歌を口ずさみつつ、彼は渦巻き模様の様子を見守る。

数秒後、突然渦巻き模様から大量の煙が噴き上がったかと思うと……煙が晴れる頃には、そこには羽が赤く燃える全長一・五メートルほどの蛾の姿があった。

「答えは～、蛾でしたぁー！」

カメラに向かってピースしながら、彼は視聴者に召喚モンスターを紹介した。

が――彼はこの時まだ知らなかった。
このモンスターが、本来なら危険度Aダンジョン下層に出てくる超凶暴なモンスター、「ビームモスライフル」だということを。

：あ、終わった

：うそやろ、なんでよりにもよってこんな……
：こいつマジで地獄に堕ちろ
：埼玉県……いや日本終了のお知らせです
：お願いしますこの動画をみてるS、Aランクの方今すぐ越谷に来てください

「なにビビってやんの……って、え、A？」

そんな彼も……コメント欄で具体的なランクを目にすると、流石《さすが》に冷静にならざるを得なかった。

彼の顔からは、段々と血の気が引いてゆく。

「嘘つけ……おい、嘘って言えよ！」

言うてどうせ危険度Cくらいのしか出ないだろう、と何の根拠もなく高を括っていた彼は、目の前のモンスターがAランクやSランクの探索者を必要とするレベルだという現実をすぐには呑《の》み込《こ》むことができなかった。

「わ、わあああああああ！」

居ても立ってもいられず、奇声を上げながらモンスターとは反対方向に走る彼。

しかし、ビームモスライフルは非情にも目から灼熱《しやくねつ》の光線を飛ばし、彼を嘲笑《あざわら》うかのように急所を外して腕だけを一瞬で焼き尽くした。

通常、ダンジョンの壁や地面は、そこにいるモンスターの攻撃では傷つかない程度には頑丈にできている。

しかし危険度Aのモンスターが放つ熱線は、いとも容易《たやす》く危険度Dダンジョンの壁や地面を黒焦げにした。

「いだあぁぁぁぁぁぁぁぁ！！！」

もはや自分が何を叫んでいるのかも分からない有様で、辛《かろ》うじて彼は目の前の分岐路を左に曲がった。

そこで彼が見たのは——1人の男と、その隣にいる男よりも巨大な猫。

もはや彼には、それが現実なのか幻覚なのか区別がつかなくなっていた。

◇◇◇

「え……だ、大丈夫？」

「嫌あぁぁぁぁぁぁぁぁ！」

声をかけるも、男は俺の横を通り過ぎていき……そのまま数メートル先でぶっ倒れてしまった。

いや、今の声かけは不適切だったな。

どう見ても大丈夫じゃないことは一目瞭然《いちもくりょうぜん》だったのに。

……なんてことを考えている場合ではなくてだ。

さっきの熱線といい、左腕が焦げた男といい……いったい丁字路の向こうでは何が起きてるんだ？

「タマ、これどういう状況……？」

「にゃあ（その男がモンスター召喚を行ったにゃ。召喚結果が少々上振れして、危険度Aモンスターが出てきたみたいにゃ）」

何か把握してるかと思い、ヒゲをヒクヒクさせているタマに聞いてみると、そんな答えが返ってきた。

なんだその訳の分からない状況は。

モンスターを召喚したってのも意味不明だし、「上振れしました」程度のノリで危険度Aが出てくるとかもう世紀末だろ。

しかし経緯こそ予想の斜め上だが、「嫌な予感＝本来の危険度を超えたモンスターの出現」という勘は見事に的中したな。

ちょっと安心したのは、言っても「丁字路の向こうの敵」はヒヒイロカネ・ランスヘッドバイパーよりは弱そうなことくらいか。

「えーと……今向こうで何が起きたかと言いますと、さっき走り去っていった男が危険度Aモンスターを召喚したそうです。タマ曰《いわ》く」

それにしても、さっきの男は何を思ってモンスターの召喚など試そうとしたのだろうか。

そんな疑問を浮かべつつ、コメント欄を見ると……答えはそこに書かれていた。

・今走ってったのくちょにんげんじゃね？

：あーあの迷惑系配信者の
：アイツついにモンスター召喚に手を出したんか……
：もはや迷惑系どころか戦犯系で草も生えない

どうやら迷惑系配信者というジャンルの人が、イタズラとしてやったことのようだ。

なんかそう聞くとちょっと安心だな。

さっき走り去って気絶した男のことはそこまで同情しなくて良さそうだし、召喚されたモンスターも心置きなく倒して良さそうだから。

：くちょにんげんの配信から来ました状況教えてください
：→逆に聞くがアイツ何を召喚した？
：→ビームモスライフルです
：→なら安心しろ　ヒヒイロカネ・ランスヘッドバイパーより格下の奴《やつ》などタマちゃんの前では引き立て役に過ぎない

そして、またなんかちょっと1000人ほど同接数が増えたと思ったら……どうやら先方の迷惑系配信者の視聴者がこっちに様子を見に来たようだ。

迷惑系配信者の視聴者というとなんか民度悪そうだしあんま来ないでほしい気もするが、少なくとも今コメントしてくれた人は礼儀正しそうだしそこまで気にしなくてもいいか。

「タマ、向こうにいるのはビームモスライフルってモンスターらしいぞ」

タマからすれば名前だけ言われてもって感じかもしれないが、とりあえず得た情報は共有しておく。

そんな時……丁字路の向こうから、でっかい蛾みたいなモンスターが姿を現した。

ビーム、モス、ライフル……名前に含まれる「モス」が蛾の英訳だとしたら、アイツがそうか？

などと考察していると、タマは招き猫のように左の前足を上げたポーズで静止した。

次の瞬間……蛾の目から、失明しそうなほど眩《まばゆ》い熱線が放たれる。

と同時に、タマは左前足を振り下ろし……その手前あたりで、タマめがけて進んでいた熱線はどこへともなく吸い込まれた。

かと思うと、空間の別の場所から熱線が姿を現し……それは蛾に向かって進み、蛾自身に直撃した。

「ギイイイィィィィ！」

断末魔の鳴き声が聞こえたかと思うと、蛾は完全に炭化して微動だにしなくなっていた。

蛾は次第に透明化し、代わりにカプセルが出現する。

：は？

：草

：今何がどうなった
：敵自滅してて草
：ちょっと理解が追いつかない

「タマ、今の攻撃はいったい……？」

俺も意味が分からなかったし、視聴者のみんなも不思議に思っているようなので、俺は何が起きたのかの説明を求めた。

「にゃあ（次元をひっかいて、ワームホールみたいに繋《つな》げたにゃ。それでビームの進路を変えたにゃ）」

「ええ……。皆さん、今のは次元をひっかいて蛾の熱線をワープさせたみたいです」

想像の斜め上のカウンター方法に驚きつつ、俺は視聴者向けにタマの解説を共有した。

：次元をｗｗｗひっかくｗｗｗ
：ナチュラルに知らん高等技術が出てきて草
：もはや何でもアリやんｗｗ
：どんな爪してたらそうなんねんｗｗ
：投げ銭できないのが惜しすぎる……っ！

そらそういう反応になるよな。

俺だってどういうことなのか聞いてもよく分からんもん。

さて、これで一件落着ではあるが……気絶しちゃった男の方をどうするか問題がまだ残ってるな。

事情を把握できた限りだと結構な嫌われ者ではあるみたいだが、かと言って見殺しにするというわけにもいかないだろう。

とはいえ、今回こいつの愚行が大事にならなかったのは、たまたま同じダンジョンに俺たちが居合わせたからだ。

ただ助けて終わりにした場合、こいつが俺たちのいないダンジョンで「再犯」して取り返しのつかない事態にでもなれば、「なんであの時アイツを助けたんだ」と俺たちにまで炎上が飛び火しかねない。

ここはどういうバランスで行くべきか……。

「タマ……あの人どうしようかな。とりあえず、時戻しの豆でも食べさせようか？」

難しい判断だが、あまり長い時間悩み続けられるわけではない。

あの男は結構な重傷を負っているので、長考している間に死んでしまうリスクもあるからな。

まずは回復させてから考えようかと思い、俺はそう提案していた。

すると……。

「にゃ（そんな必要ないにゃ）」

タマはそう断言した。

「何か考えがあるのか？」

「にゃ（当然にゃ。ちょっと見ておくにゃ）」

そしてタマはそう言って、おもむろに男に近づく。

タマは何度か肉球で男の頭にフニフニと触れた。

「にゃあ（これで準備完了にゃ）」

今のは何かの準備だったようだ。

「ごろごろ〜〜〜〜！」

満を持して、タマはゴロゴロと喉《のど》を鳴らした。

すると……焼失したはずの腕が再生し始め、数秒後には火傷《やけど》が完治していた。

タマ、喉を鳴らすだけで肉体の欠損まで治せるのか……。

猫のゴロゴロ音には癒やしの効果がある、とは言ったもんだが、もはや癒やしどころか最先端医療さえも超えてるんだよなあ。

「あれ、俺は今どうなって……」

タマの治療を受けたことで、男は無事意識を取り戻したようだ。

が、次の瞬間。

「うぎゃあぁぁあぁぁあぁぁあぁぁ！」

どういうわけか、男は頭を押さえてのたうち回り始めた。

よっぽど蛾に焼かれたのがトラウマで、思い出しただけでこうなってしまうのだろうか？

「にゃ～ん（腕を治すついでに、ダンジョンにいると強烈な片頭痛に襲われるようにしたにゃ。分かったらさっさと出るにゃ）」

と思ったが違ったようだ。

さっきの肉球フニフニでこれを仕込んでいたらしい。

なるほど、そういう対処にしたか。

確かに、「ダンジョンにいる時だけ苦しむ」仕様なら日常生活で困ることもないし、ピンポイントで悪事への抑止力としてのみ機能する最適解と言えそうだ。

今回の件へのペナルティは迷宮協会が彼に下すだろうし、俺たちはあくまで「未来の懸念を払拭《ふっしょく》することだけにフォーカスした」ということで、世間的にも納得のいく対応となったんじゃないだろうか。

「ごべんなざあああい！　いだだだだだだだだぁ！」

男は滝のように涙を流しながら走り去っていった。

「おお～賢いなータマは！　こんな迅速で的確な判断ができる者は人間にもなかなかいないぞ～」

「にゃあ（それほどでもにゃあ）」

俺はタマのフサフサな顎《あご》や頭を気持ちよく撫《な》でながら労《ねぎら》いの言葉をかけた。

なんか嬉《うれ》しくなっちゃって、つい声色が甘くなってしまうな。

「あ、さっきの男を『ダンジョンに入ると強烈な片頭痛に襲われる』仕様にしたみたいです。なのでもう、迷惑系配信者業は辞めざるを得ないかと」

思い出したかのように、俺は視聴者向けの解説を加えた。

：実はタマちゃん、理三と司法試験両方受かってたりしない？
：タマちゃんマジでオールマイティーすぎて草
：あらゆる意味で天才猫だった
：マジでお疲れさん
：未来を見据えた判断ナイス！
：見捨てりゃいいのに……と思ったけどこれはＧＪ

……よかった。

やっぱり、今ので視聴者的にも満点の対応だったみたいだな。

「ほら見て見て！　みんなこんなに褒めてくれてるよ！　良かったなあ！」

「にゃあ（確かに、嬉しいにゃ）」

タマの評価が上がった。

俺にとっては、それが全てだ。


さて、これで一応一連の騒動については全部片付いたわけだが……ここからどうしようか。

転移トラップに行ってもいいんだが、既に危険度Aの敵と派手なバトルをするというイベントは作れたわけだし、これ以上無理に盛り込むこともないかもな。

今回のことは迷宮協会にも早めに報告を入れた方がいいだろうし。

「というわけで皆さん……少し早いですが、本日の配信はここまでにしようと思います。迷宮協会への報告と、あとこれも売らないといけないのでね。ではまた、四日後くらいにお会いしましょう！　バイバイ！」

「にゃあ～（ばいばいにゃ～）」

：乙

：おつ～

：初配信でハプニングあって大変だったろうし、しっかり休んでね！

：次も楽しみだよ！

：身体《からだ》に気をつけて毎秒投稿よろ！

挨拶《あいさつ》の後、ひとしきりコメント欄を眺めてから配信を終了する。

「にゃ……？（並行宇宙をたくさん作って、並列で撮影するしかないかにゃ？）」

タマ、毎秒投稿は真に受けんでいい。「それくらい楽しみにしてる」って意味の比喩《ひゆ》に過ぎないんだから。

視聴者だって物理的に見れないだろ。

改めて自分のチャンネルを確認してみると……チャンネル登録者は既に1万人を超えていた。

なんかたった一本の配信で初心者の目標の十倍を超えたんだが。

色々起こりすぎてちょっと疲れたが……とりあえず、バズってくれて何よりだな。

この調子なら収益化が通ればマジでこれ一本で食えてしまうかもしれない。

あとはこの人気を維持できるかどうかだな。

などと考えつつ、俺たちはダンジョンを出て迷宮協会さいたま市支部へと向かった。

◇◇◇

【旋律のネル】レスポールでぶん殴るスレ82【配信】

823：名無しのリスナー
いやあ、しかしこの間の配信はほんま珍しいもん見れたな

824：名無しのリスナー
久しぶりにあのバチバチ形態見たわ
やっぱテンション上がるわ

825：名無しのリスナー
のはずなんだけど、その後のボス戦がエグすぎてなあ……

826：名無しのリスナー
＞＞825　分かる
ボス部屋前のハンドル思いっきりぶん回し出した時は変な笑い声出たわ

827：名無しのリスナー
ところでみんな、アーカイブ低速で見た？

828：名無しのリスナー
見た
ネルちゃんは0・25倍で辛《かろ》うじて動きの一部を追えた
なおタマちゃん

829：名無しのリスナー
ヒヒイロカネ・ランスヘッドバイパーとの戦い、拡張機能で1フレームごとに確認してもどこにも

映ってなくて流石《さすが》に草だった

830：名無しのリスナー
＞＞829　ぼやけて映ってすらなかったもんな
ネルちゃんの高性能カメラであれは異次元すぎる

831：名無しのリスナー
タマちゃんも配信始めてくれないかなあ

832：名無しのリスナー
＞＞831　噂をすれば
（てか今できた？）
geragera/watch?ID=3jwss7DI4544/4E%2S%6G%E3%83%96%E3%83%AB%E3%82%A6%E3%82%A9

833：名無しのリスナー
＞＞832　ファッ⁉
マジやん

834：名無しのリスナー
チャンネル名「育ちすぎたタマ」は草

835：名無しのリスナー
あの戦闘能力を「育ちすぎた」で片付けるなｗｗ

836：名無しのリスナー
とにかくみんなで見に行くぞ！

◇◇◇

【育ちすぎたタマ】ネッコがデカすぎるスレ【配信】

1：名無しのリスナー
とりあえず立てた

2：名無しのリスナー

おつ

3：名無しのリスナー
＞＞1　イッチおつ

4：名無しのリスナー
同接の数え方すこ
スカウターで戦闘力でも測っとるんかw

5：名無しのリスナー
まあ普通投稿初日でこんな増え方せんもんなあ

6：名無しのリスナー
kskさせるぞ　みんな宣伝しろ

7：名無しのリスナー
またやりだしたw
スカウター風同接計測ｗｗ

8：名無しのリスナー
た　だ　の　ひ　っ　か　き

9：名無しのリスナー
飼い主もよく理解してなさそうなの草

10：名無しのリスナー
タマ「またつまらぬものをひっかいてしまった」

11：名無しのリスナー
転移トラップの行き先とかいう聞いたこともない相談が始まったんだが（｀・ω・´）

12：名無しのリスナー
ほーん言葉通じるんか
……いやだからって猫から情報得るのおかしくね⁉

13：名無しのリスナー

また珍しい映像資料が残るのか……

14：名無しのリスナー
あれ、なんか進路変えた

15：名無しのリスナー
！？！？！？！？！？

何今の光線

16：名無しのリスナー
なんか男が走ってきた
異常事態か

17：名無しのリスナー
調べてきた
くちょにんげんがモンスター召喚したらしい
それで危険度Aのビームモスライフルが出たんだと

１８：名無しのリスナー
は？
アイツほんま……

１９：名無しのリスナー
でもちょうど良かった
タマちゃんがいれば安心や

２０：名無しのリスナー
負ける気がしねえんだよなあ笑

２１：名無しのリスナー
ビームモスライフルはスピードタイプじゃないから、今回はガッツリ戦いが映像に残るのに期待できるぞ

２２：名無しのリスナー
おっ、ついに対峙《たいじ》

２３：名無しのリスナー
左足構えてんのはカウンター狙いか？
２４：名無しのリスナー
ビームモスライフルの先制攻撃
２５：名無しのリスナー
……ファッ⁉
２６：名無しのリスナー
なんかひとりでに焼けたｗｗ
……どういう原理や
２７：名無しのリスナー
次元をひっかくは意味分かんなすぎて草
２８：名無しのリスナー
頭いいな

見事に弱点をついてる

29：名無しのリスナー
＞＞28　あれで弱点ついとんか……？

30：名無しのリスナー
＞＞29　ビームモスライフル、本当に恐ろしいのはビームじゃなくて可燃性の鱗粉《りんぷん》ばらまいて粉《ふん》塵《じん》爆破起こすほうなんよ
一撃で半径一キロくらい更地にできる威力あるから街に出てたらマジで厄介だった
逆に言えば、それだけ全身に可燃性物質纏《まと》ってるからこそ、高火力で焼き尽くすのが手っ取り早いとも言えるんよ

31：名無しのリスナー
＞＞30　はえーサンガツ

32：名無しのリスナー
改めて聞いたらとんでもない災厄で草も生えない
事前に対処してくれて、埼玉県民はタマちゃんに足を向けて寝れんな

くちょにんげんは一生地下労働で償わせろ

33：名無しのリスナー
くちょにんげんになんかやってる

34：名無しのリスナー
ダ　ン　ジ　ョ　ン　に　い　る　と　片　頭　痛　ｗ　ｗ

35：名無しのリスナー
なかなかトリッキーな呪いで草
これでくちょにんげんは実質ダンジョンから永久ＢＡＮやな
この苦しみに耐えてまで迷惑行為する根性はなさそうやし

36：名無しのリスナー
これで満を持して償いに全集中させられるってわけか

37：名無しのリスナー
何から何までＧＪだった！

一歩間違えばすげえ災難になりかねなかったけど、タマちゃんほどの実力者からすれば逆に美味《おい》しい展開だったなw

38：名無しのリスナー
日曜日が楽しみすぎて寝れない（、・ω・`）

39：名無しのリスナー
＞＞38　早い早いｗｗ

40：名無しのリスナー
朝テレビつけたらどの局もこのニュースやってて草

41：名無しのリスナー
その影響かアーカイブも600万再生行ってるｗｗ

42：名無しのリスナー
チャンネル登録者も100万超えてて草
元々芸能人でもない人が一本でこれは空前絶後の記録やろ

43：名無しのリスナー
ダンジョン配信者最多登録者数のチャンネルになる日も近そうだ
44：名無しのリスナー
伝説の始まりにリアルタイムで立ち会えて良かった！

第四章　はじめての企業案件！

あの初配信の日以降、俺たちの身には思ってもみなかったことがたくさん起きた。

まずビックリしたのは、朝起きてテレビをつけたら全国ニュースで俺たちのことが大々的に報道されていたこと。

「召喚された災害級モンスター　通りがかりの巨大猫に退治される」というタイトルで今日一番のニュースとして報じられているのを見た時は、流石《さすが》に二度見してしまった。

コメンテーターに1人Aランク探索者がいたんだが、その人が「せっかくの戦闘映像資料だと思って研究しようとしたんですが、凄《すご》すぎて参考になりませんでした」とか言ってたのがちょっと印象的だったな。

次にビックリしたのは、その日帰ってからゲラゲラ動画アプリを開いたら、チャンネル登録者数が126万人にも到達していたことだ。

これは流石に意味が分からなかった。

「同接数の百倍の登録者数とは……？」と思ってよくよく見てみたら、アーカイブがなんか600万再生とかされてて、それも二度見しちゃったな。

つくづく全国ニュースの拡散力は恐ろしいと身を以《もっ》て体感したものだ。

登録者10万人の盾の送付先を確認するメールと、登録者100万人の盾の送付先を確認するメールがゲラゲラ動画公式から同時に送られてきていたのには流石に笑うしかなかった。

更に翌朝には、迷宮協会公式アプリのメッセージ通知で「特殊昇格要件の達成に伴い、貴方《あなた》をCランク探索者に認定します。また、貴方は埼玉県より直々に表彰されることとなりました」とか来てて、またもや開いた口が塞《ふさ》がらなくなったのも記憶に新しい。


そして今……金曜日の正午、昼食を食べている時のこと。

スマホを確認すると……これまた別の、思いもよらないところからの連絡が舞い込んできた。

〈ゲラゲラ動画公式からの新着メッセージがあります〉

こうして運営からメッセージが届くのは、登録者10万人、100万人の節目を超えた時の「盾の送付先は登録時の住所で間違いないですか？」の確認メールの時だけ。

収益化の審査結果にしたって、申請したと思ったら五分後には承認のプッシュ通知が届いたのでもう終わってるし、本当に心当たりがないな……と思いながら開いてみると、こんなメッセージが届いていた。

件名：【企業案件の打診】まつもとペットフード様よりメッセージです

本文：
木天蓼《またたび》　哲也《てつや》様

いつもゲラゲラ動画をご利用いただき、ありがとうございます。

この度「まつもとペットフード株式会社　水原《みずはら》　一葉《かずは》」様より
企業案件のお申し出がございましたため、ご連絡致しました。
お預かり致しました文面を以下に記載致しますので、
内容をご確認頂き、この方とご連絡を取られるかのご判断をお願い致します。

以下、お預かり致しました文面でございます。

＝＝＝＝＝＝＝＝＝＝＝＝＝＝＝＝＝＝＝＝＝＝＝＝＝＝＝＝＝

「育ちすぎたタマ」　運営者様

突然のご連絡失礼致します。
まつもとペットフード株式会社　国際事業部の水原と申します。

弊社はドッグフード／キャットフード〈代表商品：MEOW《ミャオ》にゃ〜る〉を販売するペットフードメーカーでございます。

この度は弊社主力商品の販売促進のため、ぜひとも「育ちすぎたタマ」様とタイアップさせて頂ければと考えております。

少しでもご興味を持って頂けましたら、ＰＲ動画配信に向けて条件面を含め色々ご相談をさせて頂きたく存じますので、ご連絡を頂けますと幸いです。

（ご相談につきましては電話でもＷＥＢ会議でも構いませんが、一度音声にてお話しできればと考えております。もちろん、本社まで来てくださるということであれば大歓迎いたします！）


ご検討、何卒よろしくお願い致します。

※※※※※※※※※※※※※※※※※※
まつもとペットフード株式会社
国際事業部　営業課
水原　一葉
(C) Matsumoto Pet Food
TEL：＋81－80－XXXX－XXXX

※※※※※※※※※※※※※※※※※※※※※※※※
＝＝＝＝＝＝＝＝＝＝＝＝＝＝＝＝＝＝＝＝＝＝＝＝＝＝＝＝＝＝＝＝

ご不明点がございましたら何なりと運営までお申し付けください。

今後ともゲラゲラ動画を宜しくお願い致します。


「……おお、マジか」

届いたメッセージは、まさかの企業案件の打診だった。

それもどこぞの怪しい商品の会社とかではなく、犬か猫を飼っている人であれば誰もが知るあの有名ペットフード企業からだ。

「ＭＥＯＷ《ミャオ》にゃ〜る」はタマの大好物なので、このタイアップはタマにとっても間違いなく嬉《うれ》しいものだろう。

断る理由もないので、俺は即座に案件を受ける旨の返信をすることに決めた。

本社に来ても大歓迎とのことだし、ネットで調べたところ場所も静岡と移動可能な範囲なので、こちらから向かわせてもらうことに。

とりあえず、案件を受けることを前向きに検討している旨と都合の良い日程候補を伺う返信文を書いて送ってみると、ちょうどメールをチェックしてる時間だったのか、速攻で返信がきた。

なんでもいきなり明日十時から来てＯＫだそうだ。

明日は無給休日出勤の日だが……取締役の弱みはまだ魚拓を取ってあるから有効だろうし、正直「そればっかりやりすぎたからクビだ」みたいな流れになってもいっかと思い始めてもいるので、急遽《きゅうきょ》有休を申請することに。

もしこれが通ったら、すぐ水原さんに返信して早速明日打ち合わせに向かうとしよう。

◇◇◇

有休の交渉は大成功だった。

よっぽど夜の店の件が暴露されるのが怖いのか、某役員は今回も苦虫を噛《か》み潰《つぶ》したような表情をしつつ上司の説得に応じてくれ、そのまますると申請が受理されたのだ。

申請後は三十分くらい、役員と上司の２人からはせめてもの抵抗とばかりに小言を言われまくったが……全部スルー薬のお陰で聞こえてないので無問題だ。

そんなわけで、今日俺はいつもなら出社する時間になってもソファにどかっと座ったまま、ぼんやりとアナリティクスを眺め続けている。

「……ネルさんか」

そんな中、ちょうどネルさんからＳＭＳが届いたので見てみると……「初配信見ました！　まさかここまで伸びるとは……流石タマちゃんですね。次のコラボいつにしますか？」とのお誘いだった。

「『企業案件が入ることになったので、恐れ入りますがそれ以降の日でもいいですか？』、と」

返信をし、またしばらくボーッとアナリティクスの画面を見ていると……「いくら何でも早すぎません⁉　でも、おめでとうございます！」と返信がきた。

そりゃ流石にびっくりするよな。

俺だってまさかこのタイミングでって思ったもん。

などと思っていると……時計を見ると九時二十分くらいになっていたので、そろそろ出かける準備をすることに。

「タマ、ここまで頼む」

「にゃ（了解にゃ）」

水原さんからのメールに書かれた本社所在地を地図で見せ、タマに目的地を伝えた。

家を出てタマに乗り、移動開始すると……やはり十分と経《た》たずして、本社所在地に到着することに。

敷地内の駐車場に着地すると……そこには既に俺たちを迎えに出ている女性がいて、こちらに気づくなり小走りで駆け寄ってきてくれた。

「お初にお目にかかります～！　貴方がタマちゃんの飼い主の木天蓼　哲也さんですね？　改めま

して私、水原　一葉と申します！」

その女性こそが、昨日ゲラゲラ動画公式越しに連絡をくれた水原さんだった。

「こちらこそ、お初にお目にかかります。飼い主の木天蓼　哲也です。そして」

「にゃ、ごろにゃ〜ん（タマと申しますにゃ。よろしくお願い申し上げますにゃ）」

「わ〜、タマちゃんのテレパシー、私も聞き取れるんですね！　感激です！　それになんて丁寧な言葉遣い……流石哲也さんの教育の賜物ですね！」

「えーと……ありがとうございます……？」

うーん、タマが習得したものはどこで習ったのか想像もつかないものが多すぎて、俺の教育の成果かと言われればかなり微妙すぎる気もするが。

しかし社交辞令かもしれないものをいちいち訂正するのも感じ悪いかと思ったので、特に否定はしないでおいた。

「って、こんなところで話すものではありませんね。応接室へご案内しますので、こちらにお越しください」

水原さんはハッとしたようにそう言うと、本社の建物に向かって歩き始めた。

俺たちは案内されるがままについていった。

◇◇◇

「えー、それでは改めまして……本日はお忙しい中、わざわざ関東から遠路はるばるこのようなところまでお越しいただきありがとうございました！」

応接室に到着すると、水原さんはそう言いつつ俺の前に和菓子とお茶を置いてくれた。

「えーと……ちょっと待っててくださいね！」

そして一瞬応接室を出ていったかと思うと…………今度はなんと、大皿と一斗缶に入ったにゃ〜るを抱えて部屋に戻ってきた。

「私たちが話している間、タマちゃんは退屈でしょうから……せっかくなので、こちらでもご賞味いただければと！」

水原さんは床に大皿を置くと、一斗缶の蓋《ふた》を開け、中身のにゃ〜るを皿に流し込み始めた。

すっげ……見たことないぞ一斗缶に入ったにゃ〜るなんて。

流石《さすが》本社ってだけはあるな。おそらくこのためだけに、個包装する前の原液を取り分けて持ってきてくれたのだろう。

「にゃ〜ん‼（すっごい量のごちそうにゃ！　これぞまさしく天国にゃ！）」

圧巻の量のにゃ〜るを見て……タマは缶の中身が出終わるのが待ち切れないと言わんばかりに首をふりふりさせだした。

天国か……そりゃ間違いないだろうな。

こんなどえらい量の大好物を目の前に持ってこられちゃ。

もっとも、これがタマではなく普通の猫だった場合、致死量以上の塩分を摂取して天国が比喩《ひゆ》で
なくなってしまうところだろうが。

「にゃにゃ！（腎臓《じんぞう》の因果律を操作にゃ！）」

大好物を心ゆくまで堪能するのも才能ってわけか。

この様子は撮影しておこう。

そして後で編集して、どこぞのチリのアップテンポなBGMでもつけてゲラゲラ動画のショート
に投稿しよう。


ある程度の尺が撮影できたら、俺たちは俺たちで本題の打ち合わせに入ることに。

水原さんは俺の目の前に資料を置きつつ、説明を開始した。

「まずは今回の案件動画のコンセプトについてですが……弊社では、海外向けに主力商品MEOW《ミャオ》
にゃ～るの魅力をお届けするため、タマちゃんのお力をお借りできればと考えております」

水原さんの説明は、案件動画の方針の話から始まった。

「まず企画内容についてご説明させていただきますね」

「ええ」

「配信の流れとしては、基本的には一回目の生配信と同様に、タマちゃんのダンジョン攻略をメイ

ンとしたいです。案件ＰＲの混ぜ方としては、タマちゃんが戦闘をこなすとご褒美としてにゃ～るをあげて、その反応を撮る感じで……せっかくなのでその際、コメントの盛り上がりや流れのスピード感に応じてにゃ～るの種類がアップグレードする形はいかがかと思うのですが、どうでしょうか？」

「良いと思います」

聞いた感じオーソドックスに宣伝感を出しすぎず商品紹介できそうだったので、俺は賛成することにした。

「ありがとうございます！　ではまず、大枠はそれで」

水原さんはそう言って、自分用の資料に何かを書き込んだ。

その後、水原さんは何やら意味深そうにこんなことを言いだした。

「そしたらなんですが……木天蓼《またたび》さん、一つお尋ねしたいのですが。弊社から企業案件の打診が届いた際、こう疑問に思いませんでしたか？　『なぜＰＲ動画配信の案件の依頼が、国際事業部の人間から届くのか』と」

「あ、確かに」

そういえば……そこまで気にしていなかったが、言われてみれば変だよな。

こういう時は普通、広報部とか事業企画部とか、そういった類《たぐい》の部署からコンタクトがあるはずだ。

なぜそれらの部署を差し置いて国際事業部から連絡が来たのか、その理由が撮りたい動画の内容にあるってわけか。

「理由は二つあるんですね。一つ目は、配信の内容を『木天蓼さんとタマちゃんのダンジョン攻略模様を、弊社にて英語に同時通訳して全世界にお届けしたい』というものです。タマちゃんの愛くるしさとダンジョンでの活躍ぶりを見て、私は『このネコちゃんなら世界にも通用する！』と確信しました！」

まず水原さんは、理由の片方をそう力説した。

「そしてもう一つは……弊社の中で唯一、私が探索者の資格を持っているからです」

「え……そうなんですね」

意外な申告に、俺は少し驚いた。

こんな普通に企業で会社員をやってる人に、探索者資格を持つ人がいるとは。

「ま、大学生の時に多少バイト代わりにやってたってくらいで、大して強いわけでもないんですけどね。それでも一応Cランクではあるので、現時点で木天蓼さんが入れるダンジョンにはだいたいお供できると思います！」

「なるほど」

しかも、本人は大したことないと言うが意外とガチ勢だった。

Cってことは、その気になれば一応専業探索者でも食ってけるレベルじゃないか。

それでも敢えてこの会社で働き続けてるってことは、まつもとペットフード、たぶん結構なホワイト企業なんだな。羨《うらや》ましい限りだ。

って……今、「お供する」って言った⁉

「というわけで……今回は、私が配信に同行させていただき、木天蓼さんとタマちゃんのやり取りを同時通訳させていただければと思います。また、タマちゃんへのご褒美のにゃ～るにつきましては、最高級グレードを来月販売開始予定の新商品、『MEOW《ミャオ》にゃ～るDX《デラックス》』にしようと。これ、いかがですか？」

俺の反応がワンテンポ遅れている間にも、水原さんからはそんな提案があった。

「良いと思います」

タマの大好物の試供品をいち早く食べさせることができるなんて、飼い主冥利《みようり》に尽きる提案だ。

普通に最高な提案だったので、俺はそのまま二つ返事で承諾することに。

「ありがとうございます！　それでは条件面のお話に移らせていただきますが、今回の報酬はタマちゃんと飼い主さんお2人分の出演料に加えて、案件の配信後一か月のアーカイブ視聴も含めた総再生数×4円をお支払いさせていただければと考えております。こちらでご不満はございませんでしょうか？」

「はい、問題ございません」

企業案件を受けることになって、一応昨日報酬の相場がどれくらいなのかを調べておいたのだが、どんなサイトにもだいたい「1再生数あたり1.5～3円が相場」と書いてあった。

それを考えると、1再生数あたり4円というのは破格のお値段だ。

俺はこれも二つ返事でOKした。

「良かったです！　今回の動画の伸びによっては、単発の企業案件のみならず継続的にスポンサードさせていただくことも視野に入れておりますので、是非ともぐいぐいと再生数を伸ばしていただければ幸いです～。それでは契約書をお渡ししますので、心ゆくまでご確認の上サインをお願いしますね」

こうして、打ち合わせはトントン拍子に進んだ。

契約書を隅々まで読み、問題ないことを確認の上署名と捺印《なついん》をすると、具体的な撮影日時が今日の夕方からに決まった。

そしてその時が近づくと、市の郊外にある最寄りの危険度Cダンジョンに向かうこととなった。

◇◇◇

危険度Cダンジョンにて。

ゲートに探索者証をかざして中に入ると、早速俺は浮遊カメラのスイッチをオンにし、それからゲラゲラ動画アプリの「配信開始」ボタンを押した。

「どうもー、『育ちすぎたタマ』チャンネルへようこそ。こちらのかわいいもふもふがタマで、私が飼い主の哲也です」

：一日早くタマちゃんｷﾀ━(ﾟ∀ﾟ)━!

：ゲリラ配信ナイス！
：週末の楽しみが一つ増えた！　嬉《うれ》しい(*◡‿◡*)
：ＯＭＧ……こりゃ「育ちすぎた」なんてレベルじゃねえぜ（訳：タマ）

挨拶《あいさつ》をする間にも、いつも通り怒涛《どとう》のコメントが流れてくる。

おや……なんか「（訳：タマ）」とついた、初見さんっぽいコメントがちらほら交じってるな。

海外からの視聴者がコメントしてくれてて、タマが俺のために翻訳して表示してくれているということなのだろうか。

……いやスマホの表示にどう介入してんの!?

原理は後でタマに聞いとくか。

ともかく、契約が決まった後、水原さんが海外向けの企業公式アカウントで今回の配信について告知してくれていたのだが、早くもその効果が出てくれているみたいだな。

「本日はなんと……まだ二本目の動画だというのに、早くも企業案件をいただくことができました！　というわけで、今回は素敵なゲストをご用意しております。水原さん、どうぞ！」

「はい！　私、まつもとペットフード株式会社国際事業部の水原と申します。本日は弊社主力商品『ＭＥＯＷ《ミャオ》にゃ～る』の魅力をタマちゃんに広めていただきたく、こちらのチャンネルにお邪魔させていただいております。基本的には英語の副音声を担当しておりますので、タマちゃんににゃ～るをあげる際くらいしか配信には映らないかと思いますが、どうぞよろしくお願いします」

続けて俺はこれが案件動画であること、そして案件の提供元の社員が同行してくれていることを伝えた。

世の配信者には案件を案件と感じさせない高等テクニックで自然に動画を見せる天才もいるみたいだが、あいにく俺にそんな技量はないので、ここはむしろド直球に行くことにした。

まあ、猫関連の商品の紹介なのでこれで配信が荒れる心配とかはあまりないだろう。

これがＶＰＮの紹介とかだったら「金のために関係ないものを見せるな」的な批判もあったかもしれないが。

：案件おめ！
：もう案件は草　流石タマちゃん！
：にゃ〜る公式から来ました（訳：タマ）
：水原さんクッソ美人で草
：えっ、危険度Cダンジョンに入れてる……？　この人も探索者なん
：正味今からアイドルやっても通用するだろ
：むしろもっと映って！

俺の予想は的中して、視聴者たちはこれが案件動画であるという事実を温かく受け入れてくれた。

中にはそのことすら祝ってくれてる人までいる。

あと、思った以上に水原さんがいきなり人気だ。

確かに、顔立ちの整った方だとは思っていたが……それがこうも配信にプラスの影響を及ぼすとはな。

さて、そしたら……もっと映ってなどとコメントする人もいるくらいだし、本格的な攻略に入る前に一回水原さんの戦闘スタイルでも見せてもらうとするかな。

そういう意図を抜きにしても、ダンジョンという命の危険がある空間にいる以上は、一応同行者の実力も把握しておきたいし。

タマがいる以上は奇襲のリスクとかも限りなく低いっちゃ低いだろうが、同行者が自力でそれに対抗できそうであればより安心感が増すからな。

「水原さん、『にゃ～るをあげる時以外は映らない』と宣言されたところ申し訳ないですが……一旦《いったん》ご自身の戦い方を見せてもらってもいいでしょうか？」

「あ、私は全然大丈夫ですが……いいんですか？」

「はい。一応一回見ておきたいなと思いまして」

「分かりました！」

頼んでみると、水原さんはすぐOKしてくれた。

それから少し進むと、早速イノシシのような見た目をしたモンスターが1体出現した。

「じゃ、やってみますね」

水原さんはそう宣言すると……右手から轟々《ごうごう》と燃え盛る炎を出現させた。

え……それ熱くないの？

若干面食らっているうちにも、水原さんは右手の炎を球状に変形させた。

そして、ピッチャーのように構えると……大きく踏み込みつつ右腕を後ろに引き、溜《た》めた力を一気に解放するが如く炎の弾を投げた。

メジャーリーガーのフォーシームを彷彿《ほうふつ》とさせるようなその豪速炎弾は、イノシシに反応する間も与えず直撃し、丸焼きにして姿を変えさせた。

「まあ、こんな感じですね……。ブランク長いんで少し不安でしたけど、一応昔と比べてそこまで実力は落ちてないみたいです」

投げ終わった後、水原さんはそう自身の戦闘の所感を述べた。

「おお、凄《すご》い投球じゃないですか。まるでサイ・ヤング賞投手ですね！」

洗練された綺麗《きれい》な投球に、思わず俺は脱帽してそう言った。

何を隠そう、実は俺、推しの投手の背番号のユニフォームをわざわざコレクションするくらいにはガチのメジャーリーグマニアなのである。

「まあ、一応高校生の時は野球部に所属してました……。でも、この球速は炎魔法だから出せるのであって、ボール持ってこれは無理ですね」

なるほど、それはそうか。

しかし、浅い場所とはいえ危険度Cの魔物を一撃で単独撃破できるなら、Cランク探索者の中でもそこそこ上位なんだろうな。

これならだいぶ安心だ。

：凄《すげ》えｗｗ
：ただかわいいだけじゃなかったｗｗ
：感想がサイ・ヤング賞ｗ
：哲也氏野球好きなんか　なんか一気に親近感

視聴者たちからも好評なようだ。

「じゃ、私はこれにて」

「すみません、本業の同時通訳もあるのにありがとうございました」

水原さんはこれにて本来の仕事に戻ることにしたようだ。

更にもう少し進むと、今度はまた二足歩行の牛（という表現でいいのか？）みたいな魔物が２体ほど出現した。

次こそタマの番だな。

「よし、じゃあタマ、あいつらやっちゃってくれ」

「にゃ（了解にゃ）」

俺が指示を出すと……タマは右の前足を上げた。

あれ、いつも攻撃の時って左の前足上げるよな？

と思っていると――なんとタマはその右足を轟々と燃え盛らせ始めた。

えっ……ちょっと待て待て待て。

それってもしかして、さっきの水原さんの技をコピーして……？

確かに、タマは昔から人の真似《まね》をよくする猫だったが……その適用範囲、人の固有の必殺技にまで及ぶのかよ。

てかなんかその炎、青白くないか？

いったい何度になってんだそれ。

しかも……サイズもおかしいだろ。

なんだそのバランスボールみたいな直径の炎弾は。

「にゃ（じゃ、いくにゃ）」

タマはそう宣言し、軽くひょいと足を振り下ろした。

「ギャオオオオォォォン！」

それにより、飛んでった炎弾は二足歩行の牛のうち片方に命中し……火だるまになった牛は吹き飛ばされ、もう1体の牛にぶつかって高温の炎を飛び火させた。

燃える牛にぶつかったもう1体の牛も、瞬く間に同じくらい燃え上がり……数秒後には、どちらの牛もドロップ品のカプセルへと姿を変える。

「あ……ああ……」

ふと後ろを振り返ってみると、水原さんが口をあんぐりと開けたまま固まっていた。

「すみません、水原さんの技を勝手に真似しちゃって……」

自分の技を取られたことに気を悪くされてたらまずいと思い、一応俺は水原さんに頭を下げた。

「い、いいえ、それはいいんですけど……何なんですか今の威力は⁉　温度も大きさも、あまりにも私のと次元が違うじゃないですか！」

「にゃ〜ん（水原さんのが直球だったから、タマは変化球にしてみたにゃ）」

いや、タマの炎弾の軌道もほとんどストレートだったと思うが……。

「にゃ（スプリットにゃ）」

なるほど、スプリットか。

確かに、両サイドに離れた位置にいる2体の敵を連鎖的に倒してたし——って、それボウリングのスプリットやないかーい。

野球のスプリットはこう、フォークボールよりちょっと速くて落ちる幅が狭い球のことを言ってだな。

「タマちゃん、わざわざそのボケのためだけにあんな大技を……？」

ほら、水原さん引いちゃってるよ。

しかし水原さんはすぐに気を取り直し、バッグからにゃ〜るを取り出してこう言った。

「って、敵を倒してくれたのでご褒美をあげないとですね。ほら！」

「ごろにゃ〜〜ん！」

にゃ〜るが出されると、タマは機嫌良さそうに尻尾《しっぽ》をゆらゆらさせながらそれを食べた。

ちなみにMEOW《ミャオ》にゃ～るDX《デラックス》はボス戦等の節目となる戦いでお披露目《ひろめ》したいということになったので、ここで出しているのは通常のにゃ～るだ。

それからしばらくは、普通にダンジョン内を歩いての探索が続いた。

同じボケを二度する必要もないと思ってか、道中で出会った敵はだいたいただの猫パンチで倒していた。

しかし、中盤くらいまで歩みを進めると……突如として、俺たちは広々とした開けた空間に出ることとなった。

その空間の中心には、八面体の赤く光る水晶が浮かんでいる。

「あれは……？」

その不気味な光景に、俺はそう質問をした。

「ああ……ここ、モンスターハウスですね。あの赤い水晶を破壊すると、数十体～数百体単位の魔物が大量湧きしてきます。勝てばボス部屋までの隠し直通ルートが出現するメリットもありますが、Aランク探索者ですら苦戦するレベルの数の暴力なので、水晶を破壊する者はほぼいませんね」

質問には、水原さんが答えてくれた。

なるほど……そいつは良い見せ場になりそうだな。

スルーするのが常識なようだが、流石《さすが》にヒヒイロカネ・ランスヘッドバイパー相当ってわけではなさそうだし、タマが負ける要素は見当たらないと考えていいだろう。

「分かりました。では水原さん、例の新商品を」

「確かに良いタイミングですね！　それでは皆さん……お待たせしました！　実は今回、来月発売の新商品を初公開する予定だったんです。それがこちら……『ＭＥＯＷ《ミャオ》にゃ～るＤＸ《デラックス》』です！」

水原さんは浮遊カメラの目の前で新商品を見せてそう説明し、続いて英語でも同じ説明を繰り返した。

それからＭＥＯＷ《ミャオ》にゃ～るＤＸ《デラックス》の蓋《ふた》を開け、タマの前で中身を出す。

「ごろにゃ～～ん！」

タマは今まで以上にウキウキした様子でＭＥＯＷ《ミャオ》にゃ～るＤＸ《デラックス》に食いついた。

そして……全部食べ終わると。

「にゃ――――！　にゃにゃ――――――！（やる気～～～！　全開にゃ――――――！）」

なんと――タマはそう叫ぶと同時に、全身から金色のオーラを噴出させた。

……おいおいおいおーい。

そうはならんやろ。

などと心の中でツッコミを入れている間にも、タマは尻尾をピーンと立てて俺に頬をスリスリしてきた。

嬉《うれ》しくなったら金色になる猫ってどんなだ。

ま、でも幸せそうだから何でもオッケーかな……。

：金色になったｗｗｗｗ

：いやそうはならんやろｗｗｗ
：もはやおやつというより強化系ポーションの類《たぐい》で草
：誇大広告すぎて一周回って好きｗ
：これがジャパニーズキャットフードか！（訳：タマ）

視聴者たちも盛り上がってくれてるので、とりあえずヨシということで。

それじゃこの黄金モードが終わらないうちに、サクッとモンスターハウスを片付けてもらうとするか。

タマはまずいつも通り左前足を上げると、そのまますっと振り下ろした。

すると水晶は跡形もなく粉々に砕け散った。

かと思うと、一瞬のうちに広々とした空間は嘘みたいにモンスターでギッチギチになった。

出現したのは、数え切れないほどの全長一メートルほどのスズメバチ型の魔物。

頭では大丈夫なはずと分かっていても、トラウマになりそうな光景だ。

そんな中……タマはおもむろに尻尾をゆらゆらさせだした。

と思っていると……目の錯覚か、だんだん尻尾が二股《ふたまた》に分かれて見えるように。

いや……これ錯覚じゃないな。いつ増えたのかは知らないが、今は完全に二本になってるぞ。

これがアハ体験ってやつか。

などと考えていると。今度はタマの黄金のオーラがどんどん大きくなり始めた。

ついにはオーラが俺たちやスズメバチたちをも包み込み、視界が金一色に染まる事態に。

何をしようとしているんだ……？

「にゃんにゃー、にゃーんにゃー、にゃにゃにゃあにゃあー！（ミャーオ、ミャーオ、ミャオにゃ〜〜〜〜る――！）」

連続で起こる謎事象に呆然《ぼうぜん》としていると、タマは突如そう叫んだ。

すると次の瞬間、スズメバチたちだけが激しく燃え盛り始めた。

俺たちは全然熱さなんか感じないんだが……今のタマのオーラ、タマが敵認定した奴《やつ》だけ選択的に燃やす炎みたいな性質になっているんだろうか？

そんな考察をしている間にも、スズメバチたちはカプセルへと変貌《へんぼう》する。

少し遅れて、タマの黄金のオーラも終了した。

うん。とりあえず分かったのは……タマは嬉しさがＭＡＸになったら、危険度Ｃくらいのモンスターであれば気合だけで敵を焼却できるってことだな。

「というわけで、新商品『ＭＥＯＷ《ミャオ》にゃ〜るＤＸ《デラックス》』は絶対に買うべきですね」

どう締めくくっていいか分からないまま、とりあえず俺はそう口にした。

まあ、案件ってのはとりあえずこう言っておけば安牌《あんぱい》だろう。

：何がというわけでなんですかねえｗ
：ちゃんとした解説求むｗｗｗｗ

：「猫がオーラで敵を倒せるようになるほど幸せになれる餌です」ってか？
：そういうのは普通CGでやるんよw
：まあなんか、買ってみようとはなるけどもww

ほら、「買ってみようとはなる」って言ってくれてる人もいるし。

しばらくコメント欄を見ている間にも、元々水晶があったあたりの場所に階段が出現し、ボス部屋までの直通ルートを進めるようになった。

タマが収納魔法でカプセルを全回収したところで、俺たちはそこを通ってボス部屋へ。

ボス戦は特に見どころもなく、ただひっかきで瞬殺して終了した。

自動帰還システムにより、俺達は地上へ。

「それでは本日の動画はここまでとなります！　皆さん、また次回の配信でお会いしましょう！」

このダンジョンに転移トラップがあるかは不明だったので、ちゃんと見どころができるか不安ではあったのだが……モンスターハウスのお陰で杞憂《きゆう》に終わって良かった。

ちゃんと撮れ高があって良かったと思いつつ、俺は締めの挨拶《あいさつ》をした。

最終的な同接数は……26万4000人か。

……あれ、なんかネルさんが「よっぽど巨大な企画か大人数コラボでしか到達しない」って言ってたはずの桁数《けたすう》に到達してるんだが？

とりあえず、配信は大成功に終わって良かった……と思いつつ、俺は配信停止ボタンを押した。

「ありがとうございました。とりあえず、ちゃんと宣伝になる数字は取れたっぽくて良かったです」

「いえいえ、こちらこそ……タマちゃんが新しい一面を見せてくれたおかげです！　ここまでの反響になるなんて凄《すご》すぎますよ！　ありがとうございました」

配信が終わると、そんな感じで挨拶を交わし……一旦《いったん》今日はお開きとすることに。

あ、そうだ。

「水原さん、このへんで一番良いうなぎが手に入る魚市場ってご存じです？」

せっかく静岡に来たからには、今日のごほうびにうなぎを買って帰るのが良いんじゃないかと思い……俺はそう尋ねた。

「それでしたら、浜松第一水産がお勧めです！　うちもにゃ～るの原料の一部として、ここのうなぎを仕入れさせていただいているんですよ～」

水原さんに聞いたのは大正解で、業界人だからこそ知るルートを教えてもらえた。

「よし、じゃあ今日はうなぎにするか！　頑張ってくれたもんなあ～！」

「ごろにゃあ～！（やったにゃ！）」

タマも乗り気なので、今日の晩ごはん決定だ。

俺は教えてもらった浜松第一水産に立ち寄ってから、自宅に戻ってタマと自分のご飯を用意し、美《お》味《い》しく食べて満足な一日を終えたのだった。

第五章　激闘！　コラボ中に現れた世界最凶の刺客

その後も企業案件のアーカイブ配信は着々と再生数を伸ばし……翌朝起きた段階では、既に再生数は２００万回を超えていた。

海外ニキたちのチャンネル登録もあって、登録者数も１７０万人に到達。

昨日うなぎを食べただけあって、まさに鰻登《うなぎのぼ》りって感じだ。

水原さんからも起きたタイミングでメッセージが届いていて、「既に当初の生産予定を遥《はる》かに上回る予約注文が入ってます……嬉しい悲鳴です！」とのことだった。

ちゃんと結果を出せて嬉しい限りだ。

そして今日だが、実は昼からネルさんとのコラボ配信を予定している。

昨晩「案件の配信も終わったので良きタイミングで」とメッセージを送ると、「哲也《てつや》さんはだいたい日曜日に活動するものだと思っていたので日曜日は空けてました！」と返ってきたのだ。

わざわざ待ってくれてたなんて申し訳なさすぎるが、こちらもそのタイミングでスケジュールを空けられたので結果オーライって感じだな。

ちなみに今日行く予定のダンジョンは、牛久《うしく》にある危険度Ｃのダンジョン。

何でもここは「ボスを倒すと即時リスポーン、制限時間内に何体倒せるかでドロップ品の豪華さが変わる」というユニークなボスフロアになっているとのことで、一緒に最高記録を目指す企画にしようということになったのだ。

今回は俺のチャンネルの方で配信するので、予約設定とトゥイッターでの告知を済ませてから現地へ。

タマに乗って牛久のダンジョンに到着すると、ほぼ同タイミングで落雷と共にネルさんが現れた。

「お久しぶりです、本日もよろしくお願いします」

「こちらこそです！　いや〜まさか、二回目の配信で同接数六桁《けた》を叩《たた》き出《だ》した上に、登録者数でも抜かれてしまうとは……。普通の初心者よりは遥かに良いスタートを切る確信はあったものの、ここまでとは予測できませんでした」

「とんでもないです。色々アドバイスをいただけたおかげです」

「そんな、私なんてちょっとしたコツを伝えたに過ぎませんよ〜っ」

軽く挨拶とお礼を口にしてから、いざダンジョンの中へ。

今回は俺もCランク以上なので、普通にお互い単独で探索者証をかざし、中に入った。

浮遊カメラを飛ばしたらスマホでゲラゲラ動画のアプリを開き、公開設定を替えて配信開始だ。

「どうもー、『育ちすぎたタマ』チャンネルへようこそ。こちらのかわいいもふもふがタマで、私が飼い主の哲也です」

：おはようにゃー

：もふもふ！　もふもふ！(>ε＜)
：二日連続でタマちゃんｷﾀｰ(ﾟ∀ﾟ)ｰ!
：ＯＭＧ……レスポールと猫とはなんて組み合わせだ（訳：タマ）
：今日も前代未聞の偉業を見せてくれ！

始めの挨拶をしている間にも、怒涛《どとう》のコメントが流れてくる。

「本日は素敵なゲストにも来ていただいております。旋律のネルさん、どうぞ！」

「ど～も～！　『レスポールさえも凶器に変える女』、旋律のネルで～す！　今日も大きくてかわいい猫、略して『おおかわ』なタマちゃんと一緒にダンジョンを蹂躙《じゅうりん》することになって、テンション爆上がりで～す！」

「ごろにゃ～ん（よろしくにゃ）」

ネルさんは相変わらず今回もタマの頭をわしゃわしゃと撫《な》でながら、ちょっとアレンジした決まり文句の挨拶を口にした。

挨拶を終えたら、改めて軽く企画の説明へ。

「さて、今日の企画ですが……ここ牛久のダンジョンと言えば、制限時間以内に可能な限りたくさんボスを倒す『わんこボス』が有名ですね。今日はそこで過去の挑戦者の最高記録に挑みたいわけですが……ネルさん意気込みはどうですか？」

「そうですね、ボス戦はタマちゃんの戦闘スピードからすると私はほぼ足手まといかと思いますので、目の前にリスポーンした時だけ私が担当しようと思います。その代わり、道中は可能な限りタマちゃんの体力を温存するため、全ての敵を私が蹴散《けち》らしていこうと思います！　モンスターども、道を開けろぉ！」

ネルさんに意気込みを尋ねると、ギターをヒョイヒョイと振り回しながら楽しそうにそう語った。

その宣言通り、今日の討伐の分担は「道中がネルさん、ボスはタマ」となっている。

「あ、タマちゃんは遭遇する敵の数を減らすとか考えなくていいから、気兼ねなく最短ルートを選んでね！」

「にゃ（分かったにゃ）」

少しでもボス到着前にタマの体力が減る要因をなくすべく、敵を迂回《うかい》するための遠回りもしない方針にしたようだ。

おそらくタマの総体力からすれば非常に僅《わず》かな差にどんな意味があるのかはよく分からないが、まあコラボである以上ネルさんの出番が少なすぎてもアレだし、配信的にはそれが一石二鳥だろうな。

五分ほどすると、早速最初の敵が現れた。

「せいっ！」

全身が黒曜石でできたボディビルダーの彫刻みたいな見た目のモンスターだったが、ネルさんは内野安打を狙うくらいの軽いスイングでそいつを粉々にしてしまった。

「軽そうなスイングで結構な威力ですね」

「あーいや、今のはそんなことないですよ。さっきの敵は、一点に上手《うま》いこと力を集中させると軽い力でも砕け散る仕様なんです！　私のスタイルとも相性良いですし、弱点を狙えば倒す難易度は危険度Ｄ以下ですね」

「なるほど、そういう巡り合わせもあるんですね」

感想とかを述べて間を持たせつつ、ずんずん奥へと進んでいく。

深部に近づくにつれ敵はだんだん強くなり、ネルさんも戦闘時は瞬間的に雷モードになって対処したりしていたが……それでも最後までネルさんの体力は持ち、タマはフルパワーを保ったままボス部屋手前に到着することができた。

「いよいよ着きましたね。このボス部屋のことをあまりよく知らない視聴者さんもいるかと思いますので……軽く仕様とか過去の挑戦者の記録とか説明してもらっていいですか？」

ボス部屋のドアの前にて、俺は視聴者向けに改めてこのボス部屋の概要を整理すべく、ネルさんにそう質問した。

「分かりました。ここのボス部屋はですね、『制限時間以内に何回ボスを倒したか』に挑戦する仕様となってます。制限時間は一分で、中にはパニッククロコダイルというボスモンスターがいるんですが、制限時間内は何度倒しても瞬時かつ無限に復活するんです。一分経《た》つと強制的にボス部屋から出されるんですが、その時に『ボスを倒した回数』に応じて豪華なドロップアイテムがもらえるんですよね。ちなみにボスを一度も倒さなくてもボス部屋から出られますが、ドロップアイテムは何ももらえません」

まずネルさんは、部屋の仕様についてそう語った。

「そして過去の挑戦者の記録ですが……迷宮協会公式の発表によると、全挑戦者の最高記録はAランク探索者『截拳道《ジークンドー》の覇王・岩井《いわい》　西吾《せいご》』氏が叩き出した255体のようです。一秒あたり4体を超える討伐スピードなのでまさに驚異的な記録ですね」

続いて過去の挑戦者の記録についてそのように説明する。

「なるほど。それは凄いですね。ちなみにネルさんは過去に挑戦したことはありますか？　あと、参考までにCランク探索者の最高記録も知りたいです」

「私は過去に142体を倒したことがありますね。最初は一秒あたり3体ペースで倒せてたんですが、後半バテて記録が伸び悩みました。そしてCランクの最高記録ですが……非公式を含めれば、私の事務所の後輩の『海の女神ナミ』が138体を叩き出しました。ただ、それはあくまで非公式なんで、公式記録は最高33体ですね」

ちょっと他にも参考数値を知りたいと思い質問してみると、ネルさんはそう補足してくれた。

なるほど。現チャンピオンは流石《さすが》Aランクというだけあって、ネルさんにすら100体以上の差をつけていると。

そしてCランクでは、非公式とはいえネルさんの後輩が最高記録を保持しているのか。

アイドル系探索者の中ではネルさん以外全員Cランク以下だったはずなので、そこそこ実力者寄りというところなのだろう。

公式記録の四倍以上となると、流石になんかちょっと本当にCランクなのか怪しい気もするが。

非公式ということも相まって。

「ちなみにその後輩さんはなぜ非公式記録なのですか？」

「ドロップ品を迷宮協会に換金しに行かなかったからですね。ドロップ品を査定してもらわないと、正式な記録としては残りません。一応、本当に１３８体倒してるのは映像に残っているので明らかなんですが……こういうのは論争の火種になるので、この話はここまでにしましょっか」

非公式になった理由を聞いてみると、ネルさんは公式記録に載る条件を説明してくれた。

となると、ちゃんと討伐数を証明するためにも、ドロップ品の換金の様子を後日ショート動画とかで載せた方が良さそうだな。

来週の生配信までの繋《つな》ぎのコンテンツとしてもちょうどいいし。

何にせよ、まずは現最高記録の２５５を１でも超えるところからだ。

「じゃ、行こっか。景気づけにこれでも食べてさ」

「にゃあ～～！（やったーにゃ！）」

ＭＥＯＷ《ミャオ》にゃ～るＤＸ《デラックス》を一本あげると……タマは無我夢中になって平らげ、全身から黄金のオーラを出し始めた。

「では、いざ尋常に勝負！」

そして扉を開け、俺たちは中へと入った。

扉の向こうでは、青い透明なドーム状の空間に巨大な黒いワニが１体閉じ込められていた。

あいつがパニッククロコダイルか。

あのドーム状の青いやつはバリアかなんかで、フライング防止のため最初はああやって封印されてるんだろうな。

などと思っていると、その予想は的中していたらしく、ボス部屋内ではどこからともなくこんなアナウンスが響き渡った。

「それでは用意……3、2、1、ゴー！」

カウントダウン終了と共に、青い透明なドームがパリンと割れる。

そして、戦いがスタートした。

その瞬間から——タマは姿が見えなくなってしまった。

一瞬ブレて見えることすらなく、完全に目で追えなくなってしまったのだ。

代わりに部屋全体からは、ブザー音のような音が鳴り響くようになった。

「ネルさん、タマはいったいどこに……？　そしてこの音はいったい……？」

タマの姿が見えないのは、それだけ俊敏に動いているからってことだろうが……このブザー音みたいな音はいったい何なのか。

あと、俺の動体視力では見えないにしても、ネルさんなら目で追えてたりするんだろうか。

そのあたりを不思議に思い、俺はそう尋ねてみた。

「部屋の中のどの位置でワニがリスポーンするかは、完全にランダムです。そして討伐からリスポーンまでは一ミリ秒とかからないので……ひたすらリスキルのために動き回ってるとすれば、いないように見えるのは当然ですね。そしてその頻度で敵をパンチしまくってるとすれば……もはや打撃音も千ヘルツのロングトーンですから、こんな感じで一定の音に聞こえるのもおかしくはないかと」

ネルさんはそんなふうに自分の考察を話した。

ネルさんでも今のタマは目で追えてなかったか。

そしてこのブザーみたいな音の正体は、おそらくタマの猫パンチ音だと。

確かに、それならこんな音がなり続けてるのもおかしくはな……いやおかしいだろ。

毎秒1000体のボスを倒してるってどんなだ。

そんなに高速で動き回って疲れないのかと思ったが……最後までブザー音の音程は変わることなく、ついに六十秒が経過した。

ボスのリスポーンが止まったことで、ようやくタマの姿が見えるように。

「お……お疲れ様！　どうだった？」

「にゃあ（おそらく理論値は叩《たた》き出《だ》せたにゃ）」

歩いて戻ってきたタマの頭を撫でつつ感想を聞いてみると、思ってもみない言葉が返ってきた。

ちょっと待て。理論値ってなんだ理論値って。

これ以上早くリスポーンできない、この部屋の仕様上の限界値を出したというのか……？

などと思っていると、最初のパニッククロコダイルが閉じ込められていたあたりの場所にカプセルが浮かび上がってきた。

あれがドロップアイテムか。理論値だといったいどのくらい豪華なんだろうな。

などと思っていると……先程のカウントダウンと同じ声色で、突如こんなアナウンスが流れてきた。

「FULL　COMBO！」

フル……コンボ？

まさか、ボス部屋が理論値の戦績だったことを公認してくれている……？

「な、なんですか今のアナウンスは……？」

過去に挑戦したことのあるネルさんも、このアナウンスは聞いたことがないようだ。

「まあ、タマも『理論値は叩き出せた』と言ってることですし、ボス部屋の仕様上の最高記録でも出たんじゃないですかね？」

俺はそう返した。

：フ　ル　コ　ン　ボ　ｗ　ｗ
：理論値は流石に草すぎる
：どんだけ倒したらそんなことになるんやｗｗ
：何にも見えないなーと思ってたらこれだよ（）
：もうこれチャンピオン争いとかそういう次元じゃねえｗ

流石にこの結果は視聴者にとっても想像の斜め上だったようで、コメント欄は理論値やフルコンボに関する内容で埋め尽くされてしまった。

そうこうしていると、ボス部屋のドアがひとりでに開き……俺たちはまるでボス部屋の外にブラックホールでもあるかのように、カプセルと共に外に吸い出されてしまった。

これが強制的にボス部屋から出される仕様のことか。

「いやー、換金が楽しみですね哲也さん！」

「全くですよ。討伐記録にしても換金額にしても、二つの意味で楽しみすぎます。早く迷宮協会に行きたいですね」

カプセルを丁重にバッグにしまいつつ、俺はネルさんにそう返事した。


さて、これからどうするかだが……このダンジョン、ボス部屋が「戦闘後ボス部屋前に放り出される」仕様なせいで、帰還するには来た道を歩いて戻らないといけないんだよな。

それは別にいいのだが、ここからは特に見どころもないので、ここで配信は終了とした方がいいだろうか。

そう思い、俺はコメント欄を眺めて締めにどんな挨拶《あいさつ》をするか考え始めた。

が——その時、俺は一つ異変に気づくこととなった。

「あれ……？」

同接数は20万人をゆうに超えているというのに、コメント欄の流れが止まっており……プレビュー画面もカクついたり、映像が乱れたりしているのだ。

さっきまで普通だったのに……いったいどうしたんだ？

通信障害でも起きたか？

「ネルさん、なんか画面がラグいんですが……これ通信障害ですかね？」

せっかくのコラボ配信なのに、タイミング悪いなあ。

でも、もう終わり際なのが不幸中の幸いか。

などと思いつつ、ネルさんにそう聞いてみた。

すると――それを聞いたネルさんは、途端に顔色を変えた。

「え……哲也さんそれ本気で言ってます？」

「はい、画面もこうカクついてますし」

「ま、まずいですこれは……！」

険しい表情で動揺するネルさんの様子に、俺は少し訳が分からなくなった。

確かに、配信トラブルはまずいことに違いないが……これほどのベテランの方が、ここまで慌てるようなことだろうか？

「いったい、どうまずいんですか？」

尋ねてみると、ネルさんはこう答えた。

「これがただの通信障害だったら全然いいんです。ですが……ダンジョンで配信が乱れた場合、それはもっと恐ろしいことの前兆の可能性が非常に高いです。――アイドル配信者を誘拐する目的で、配信を遮断するためにマフィアが妨害電波を流しているケースかもしれません」

ネルさんが怯《おび》えている理由は、想像の斜め上を行っていた。


おいおいおいおいおいおい。

そんな急に物騒な話になるのかよ……。

「マフィアって……そんな物騒なのがうろついてるんですかダンジョンって⁉」

俺はそう聞き返さずにはいられなかった。

ダンジョンがモンスターと命のやり取りを行う危険な場所だってのは理解してたが、そっち方面の危険もあるなんて初耳なんだが……。

迷宮協会のパンフレットや筆記試験にも、そんなこと一言も書いてなかったし。

「ええ。ダンジョン、実は私たち探索者だけじゃなくて、様々な反社会的勢力も跋扈《ばっこ》しているんですが……その中でも一際大きな脅威となっているのが、国際的な犯罪集団であるダンジョンマフィアなんです」

ネルさんは俺の問いにそう答えた。

あー……ダンジョンって、人間も結構怖いもんなんだな。

しかし「様々な反社会的勢力が跋扈」って、そんなにも闇の勢力って多岐に亘《わた》るものなのだろうか。

「様々な……反社会的勢力？」

またもや俺は、気になった単語をオウム返しに。

するとネルさんは、詳しめな解説を始めてくれた。

「ダンジョンを活動拠点とする反社会的勢力は、主に四種類存在しますね。その四種類とは、『迷惑系配信者』『チンピラ探索者』『デス・シーフ』『ダンジョンマフィア』です。このうち一番規模が小さく、悪事の程度も基本的に低いのが迷惑系配信者ですね。まああの……くちょにんげんのやらかしはちょっと例外ですが」

「なるほど」

確かに、迷惑系配信者も反社会的といえば反社会的な勢力のうちだな。

とはいえやってることは基本ちょっと過激な素行不良の域を出ないので、別に大きな脅威とは見なされていない、と。

危険度Aモンスターの召喚となれば流石に「小規模な悪事」とは言えないが、迷宮協会職員曰《いわ》くああいうのはレアケース中のレアケースだって話だし、他はだいたい大したことないんだろうな。

「迷惑系配信者よりは多少危険なのが、チンピラや盗賊団になってきます。ここは分けずに語られることも多いですが……イメージとしては、チンピラ探索者は2~3人程度で恐喝や乱暴行為を行う集団。デス・シーフはもう少し大人数で、探索者の戦闘に横入りして死にかけのモンスターを強奪する集団ってとこですね。このレベルになると人に重傷を負わせたり、場合によっては殺人にも至ることがあるので、かなり警戒されていて有志の自警団とかが積極的に取り締まっていたりもします」

「そうなんですね」

現代日本でも、ダンジョン内となるとそんな海外の路地裏のスラム街みたいな様相を呈することがあるのか……。

今までエンカウントしなかったのはタマがそういうのを避けるルートを選んでくれてたからか、あるいは単純に運が良かったんだな。

「そして最後がダンジョンマフィアですが……正直この脅威は、他三つとは次元が違いますね。直接的な殺人だけでなく、ほぼ毒みたいな戦闘力増強麻薬の販売で購入者を死に至らしめたりと、命に関わる被害件数が桁違《けたちが》いなんです。国際的な組織というだけあって、誘拐して他国に奴隷として売り飛ばすような事件も結構起きてます。特に厄介なのは、だいたい直接手を下すのは末端組員なので上層部の足が掴《つか》めなかったり、政治家やメディアとの癒着で事件がもみ消されたりしてしまうことですね。皆さんが認識してるより、マフィアの被害はずっと多いです」

「ええ……」

最後にネルさんはマフィアについて詳しく話してくれたが、その想像を絶するエグさに思わず俺は引いてしまった。

それでそんな、ヤバい存在がいるのに今まで一度も聞く機会がなかったっていうのか……。

「もみ消すって、そんな理不尽なことまで行われてるんですね」

「まあ、流石《さすが》に限度があるんで、もみ消せる程度の事件に留《とど》めるようマフィア側も工夫してますけどね。流石に大物配信者が誘拐されたら、メディアがだんまりでも痕跡《こんせき》をゼロにはできませんし。

なので誘拐で言えば……顔は良いけどまだ人気のない駆け出し配信者とかが狙われるケースが多いです」

感想を述べると、ネルさんはそう補足してくれた。

なるほど、マフィア側も水面下で細く長く活動し続けられるよう、狙う相手を調節してるってわけか。

無名配信者なら、急に配信が途絶えても「モンスターにやられた」あるいは「配信業から撤退した」とみなされて終わりだろうし……そんなのばかりがターゲットになってたら、マフィアの話なんて怪しい陰謀論程度の扱いで終わるだろうな。

しかし、そんな奴《やつ》らが有名配信者のネルさんを狙うとも考え難《にく》いが、ネルさんはどうして今回の相手がマフィアだと予想してるんだろうか。

「じゃあネルさんは狙われないのでは……？」

「確かに、私自身が過去狙われたことはありませんが……以前、駆け出しの配信者が狙われそうになっているところにたまたま遭遇して、撃退してあげたことがありまして。遭遇したことはゼロじゃないんです」

なるほど、そういう経緯で直接面識があるのか。

となれば、今回ネルさんが狙われているのも合点がいくな。

おそらくマフィアはその時の恨みを晴らすべく、どこかのタイミングで復讐《ふくしゅう》しようと企てていたのだろう。

今日がたまたまその日だったというわけだ。

流石にネルさんほどの大物を狙えば今までと違って足はついてしまうだろうが、なんかマフィアとかって面子《メンツ》のためなら暗黙の了解を破って行動したりしそうだし。

「じゃあ、何としても撃退するしかないですね」

「そうですね……。そういう意味では、狙われるのは今日で逆に良かったかもしれません」

「え……なぜ？」

「マフィアの上層部にはAランク探索者かそれ以上に匹敵する実力者もいるらしいので、相手によっては私だけだと危なかったですが……流石にそいつらもタマちゃんには勝てないと思いますので」

ネルさんはタマにすーっと近寄り、そのままシームレスに抱きついた。

この様子だと本当に、マフィアはネルさんほどの実力者からしても恐ろしい存在なんだな。


まあ、本当にマフィアかどうかさえまだ確定してないが……とりあえず、敵の情報がもう少し欲しいところだ。

「タマ、何か妨害電波を流してる奴の情——」

タマならヒゲで何か解析できているのではないかと思い、俺はそう尋ねようとした。

が、俺はその言葉を途中で止めざるを得なかった。

というのも——タマ、ふと見たら瞳《ひとみ》がリング状にとんでもない光量で光っていたのだ。

「タマ、その目は……？」

かつて見たこともないタマの様子にビックリし、俺はそう質問を変えてしまった。

「にゃ～ん（猫帝の眼《にゃんぺら～・あい》にゃ）」

するとタマは、まず技名を口にした。

いや、どんな目なんだそれは。

「ええと……どういう技？　てか技なのかそれは？」

「にゃ～お（目のタペタムって反射板を操って任意の電磁波を生み出してるにゃ。これで特定の光を打ち消したり、サイバー空間を掌握したりできるにゃ。ネットにアクセスするくらいなら見て分かるほど光らないけど……これだけ強力な妨害電波の相殺なら話は別にゃ）」

再度尋ねると、タマは技の詳細を解説してくれた。

マジか。タマ、目でネットを自由に操れるのか……。

そういえば聞きそびれていたが、コメント欄の「訳：タマ」もたぶんこれを使ってやってくれてたんだな。

実は初出の技じゃなかったと。

てか……妨害電波、打ち消すつもりなんかい。

なんて考えている間にも……スマホの画面に視線を向けると、驚くべきことが起こっていた。


：あれ、配信止まった？

：何かあったのかな

：二人とも無事かなぁ……

：おっ、また動き出したぞ！

：みんな生きてる！

：良かった

画面のカクつきが収まり、コメントも再び怒涛《どとう》の勢いで流れだしたのだ。

「にゃ〜ん、ごろにゃ〜ん（電波を増幅して、うち半分を妨害電波の干渉を受けないよう変調して基地局まで届けてるにゃ。マフィアのものと思われる携帯端末には配信が止まったままの偽映像も流してるし、おそらくマフィア側には妨害電波を突破されたことは気づかれてないにゃ）」

しかも、ただ通信を復活させたのみならず、なんか斜め上の芸当までやってのけていた。

なるほど……作戦失敗を悟らせないようにすることで、マフィアには予定通りこちらを襲撃させ、公開処刑しようってわけか。

よく考えたらどうして目の反射板でそこまで器用なことができるのか甚だ疑問だが、とりあえずこれは面白いことになってきたようだな。

「にゃ、にゃにゃ（あとは相手が来るのを待つだけにゃ。気配でだいたいの位置は把握してるから、奇襲を受けることもないにゃ）」

しかも、相手の来るタイミングまでバッチリ分かると。心強いことこの上ない。

：あれ、なんでみんな動かないんだろ
：何かを待ってるっぽいけど……何だろ？
：タマちゃん、しきりに鳴いてるな
：なんか解説してくれ！

「ええ皆さん……どうやら先程の配信の乱れは、何者かによる妨害電波が原因だったようでして。これから妨害電波を放った張本人がここに来るので、対決することになりそうです」

視聴者のみんなが困惑しだしていたので、とりあえず俺は簡潔に状況を説明した。

タマの偽映像工作があるのでそこまで配慮する必要はなかったかもしれないが、一応敵に感づかれるのを防ぐため「マフィア」という単語は出さないでおいた。

……そうだ。

そういえば妨害電波相殺が衝撃的すぎて聞くのを忘れかけていたが、敵の位置も分かるほど分析できてるなら、今のうちにどんな敵なのか聞いておきたいな。

「タマ、その相手ってどんな奴か分かるか？」

俺はそう尋ねてみた。

「にゃ（とりあえず、外見を映し出してみるにゃ。こんな感じにゃ）」

すると……タマはそんな返事の後、目を更に光らせてプロジェクションマッピングのようなことをやり始めた。

それ、妨害電波相殺と並行してできるんかい。何役同時にできるんだその反射板は。

映し出された人物は……黒いコートを着ていて、首から上はなぜか炎に包まれて顔が見えない奇抜な見た目をしていた。

素性がバレないように魔法か何かで工夫しているのだろうか。

しかしそこまでするとは、俺たちを狙ってる奴は本当にそこそこ幹部に近いくらいマフィア上層の奴なのかもな。

などと思っていると――隣ではネルさんが口をあんぐりと開けて、視線がプロジェクションマッピングに釘付《くぎづ》けになっていた。

「ど、どうしました？」

あまりの驚きように面食らった俺は、思わずネルさんに声をかけた。

すると……ネルさんは掠《かす》れるような声でこう呟《つぶや》いた。

「あ、あれは……〝凶人〟ラ・ユーレ……！」

ネルさんが口にしたのは、あの燃える人物の名前と思われる固有名詞。

「そんな……よりにもよってあの人が差し向けられるなんて……！」

生憎《あいにく》俺は存じ上げない人物だ。

しかし外見を見ただけで「よりにもよって」とまで言うとは、いったいどんな人物なのだろうか。

「あれ……ネルさん、見ただけであの人の正体分かるんですか？」

個人的に知ってるのか、はたまた有名人物なのか。

とりあえず、俺はネルさんの知ってる情報を聞いてみることにした。

「え。逆に哲也さん、あの見た目でピンと来ませんか……？」

すると、俺の質問はネルさんにとって意外だったらしく……逆に首をかしげながらそう聞き返されてしまった。

「正直分からないです。不勉強ですみません」

だがそんな聞き返し方をするってことは、少なくとも「ラ・ユーレ」なる人物はネルさんの個人的知り合いではなく、有名人で間違いないようだ。

俺が無知を白状すると、ネルさんは解説を始めてくれた。

「〝凶人〟ラ・ユーレは、化学兵器や魔法毒の密造及び使用を得意とする、個人で活動する傭兵《ようへい》です。あの世界一のエリート理系大学として名高いハーバーフォード工科大学を首席で卒業していて、当初は若手で一番有望な新人研究者として持《も》て囃《はや》されていたそうです。しかし……当時から思想には少々難があり、ポスドク時代に『慈善活動のつもり』で西アジア紛争地域に一キロトンの無水硫酸をばらまいたのをきっかけに、本格的に闇堕ちしたと言われています」

「え、えぇ……」

解説は、とんでもない経歴の紹介から始まった。

無水硫酸って確か、硫酸を限界以上に煮詰めてできる煙状の硫酸で、粘膜にふれると速やかに濃硫酸に変化するヤバい毒ガスだったよな？

それを「慈善活動のつもり」で散布するなんてとんだ歪んだ正義感の持ち主だな……。

「以降、彼はとにかく『大量虐殺をさせてくれる依頼主』であれば誰彼構わず味方し、生計を立てていたと言います。マフィアやテロリストはもちろんのこと、道徳を重視しない国々がバックについていたこともあったとか。累計虐殺者数は傭兵の中ではぶっちぎり最多で、2000万人をも超えると推計されています」

「はいぃ……?」

解説が続けば続くほど、俺は理解が追いつかなくなっていった。

2000万人って、それ独裁国家の指導者とかが出す数字だよな?

どう見ても単独の実行犯が出す記録じゃないんだが……。

……アイツはガチでおかしい
……何回聞いてもフィクションにしか思えんのよな……国連の正式発表なんやけど
……やべえよやべえよ……奴に狙われて死なずに済んだ人なんて歴史上1人もいねえのに……
……流石《さすが》にタマちゃんは最初の反例になってくれるよな?
……最初で最後の反例になってくれないと、茨城《いばらき》県民全員ご臨終だわ。どうせ無駄に広範囲に効く毒使うやろし
……って、被害者数の推定国連がやってるのかよ。

てか最悪だな。なんだ「どうせ無駄に広範囲に効く毒使う」って。

「彼の兵器の特徴は大きく分けて二つ。『対策不能』、そして『無駄に苦しめた後、確実に殺す』です。彼は化学実験が趣味で、毎回新しい毒を開発して用いるので、基本的に使われた時点では解毒薬が存在しません。それでも辛うじて生き残った人がごく僅《わず》かに存在はするのですが……その人たちの証言によると、毒による苦しみは『群発頭痛と尿路結石と心筋梗塞《しんきんこうそく》と痛風が全部いっぺんに来る感じ。それが数週間続いた』と言います」

「ひえぇ……」

そんなこと、戦う前に聞きたくなかった。

想像するだけでも恐ろしすぎるんだが。

「あまりにも殺した数が多いのと、やり方が悪質なので、彼はジェノサイド条約の付帯条項で『ラ・ユーレを雇うことは本条約に反する』と名指しで禁止されてますね。条約で名指しでそんな扱いを受けてる人物は彼以外にいません」

「はえぇ……」

条約で「雇うこと」が禁止か。

：これほんま何度聞いても意味わからんよな　ちゃんと裁けよ
：→しゃーない　逮捕しようとして何人のSランク級の人材が還らぬ人となったことか……
：これでも国連はようやっとるんよ

：ほんまなんで、こんな天才に限って闇落ちしてしまったんや……

コメントでも指摘されている通り、ラ・ユーレの活動そのものの抑止は諦《あきら》めて、味方を減らす方向で対処しようとしているあたりが余計に恐ろしさを感じさせるな。

「魔法毒の材料集めのために、危険度Aダンジョンのモンスターを毒ガスで中にいた探索者もろとも全滅させたという逸話もあるので、探索者換算でも相当な実力の持ち主と言わざるを得ません。まあざっとこんなところで、ラ・ユーレの基本情報は以上ですかね」

ネルさんはそう言って、解説を締めくくった。

「あ……ありがとうございます」

なんてこったい。

マフィアの上層部と戦う羽目になるとばかり思ってたら、それより数段ヤバさの次元が違う奴《やつ》が来てしまうのかよ。

そりゃそんなこと知ってたら、外見を見ただけでネルさんの反応にもなるわ……。

俺は頭を抱えたくなった。

しかし、同時に一つ疑問も思い浮かんだ。

「でも……そんな人物が、なぜ俺たちを？　それだけ大量虐殺にこだわるなら、たった2人を殺す依頼など受けなそうですが」

浮かんだ疑問は、聞く限りのラ・ユーレの性格と今回の彼への依頼内容の矛盾だ。

殺せる人数が少ないというのもそうだし、そもそもそんな人なら直接ここへ来ずダンジョン中に毒ガスを流しそうな気がする。

「バックにいる人物に、珍しい魔法毒の原料とかを報酬として提示されたんじゃないですかね？　ごく稀《まれ》にですが、そういうケースでは大量虐殺じゃない依頼を受けることもありますから」

「ああ……なくはないことなんですね……」

ネルさんからは妥当な予想が返ってきて、俺は正直少し落胆した。

できればラ・ユーレに変装しただけのもっとマシな敵であってほしいと、心の片隅で思ってたんだが。

などと考えていると、タマからこんな合図があった。

「にゃ（あと少しにゃ。もう曲がり角の向こうまで来てるにゃ）」

どうやら、心の準備をする余裕はもうないようだ。

タマは反射光によるプロジェクションマッピングを終了した。

そしてそれとほぼ同時に、プロジェクションマッピングに映ってたのとそっくりな男が姿を現した。

「貴様ガ旋律ノネルカ……。決シテ貴様ヲ逃シハセンゾ……」

男はネルさんを指差しながら、片言の日本語でそう宣言する。

「猫トオッサンハ殺ス。旋律ノネルハ生ケ捕リダ。今日カラタップリ闇ノ労働ニ従事シテモラウカラナ」

どうやら目的は、ネルさんの誘拐のようだ。

ラ・ユーレが仕向けられたからには皆殺しにするつもりなのかと思いきや、マフィアがアイドル相手にやることは依頼先が誰であれ変わらないみたいだな。

と、思いきや——次の瞬間、ラ・ユーレは思いもよらぬ行動に出た。

懐から小型ラジオのような形状の物体を取り出したかと思えば……それを思いっきり地面に投げつけ、更に踏みつけたのだ。

同時にタマの目の光が急激に弱まったので、おそらくあれが妨害電波装置だったのだろう。

大事な証拠隠滅装置（機能してなかったが）を壊して、どうするつもりなんだ……？

面食らっていると、彼はこう続けた。

「トイウノハアクマデ建前、タダノ依頼主ノ戯言サ。従順ナフリヲスルノハココマデダ。今カラオマエラハ最初ノ犠牲者トシテ——ソノ高性能ナカメラデ『恐怖支配ノ幕開ケ』ヲ全世界ニ発信スルンダナ」

どうやら彼は、マフィアの手先を演じていただけのようだ。

彼は本性を露《あらわ》にすると、高らかに笑い声を響かせた。

ひとしきり笑い終わると……彼は再び懐に手を突っ込み、何やらガラス製のアンプルを取り出した。

中には見ただけで身震いするような、禍々しい黒い液体が封じ込められている。

「コレガ何ダカ分カルカ？」

アンプルを見えやすい位置でプラプラさせつつ、男は質問を投げかけてくる。

「し……知らないわよ。どうせ毒ガスかなんかでしょ？」

当然中身など分かるはずもなく、ネルさんは半ば投げやりにそう回答した。

どうやら不正解だったようで、彼は「チッチッチ」とばかりに人差し指を振ってこう続けた。

「ソンナ日常ニアリフレタ物質、ワザワザ自慢ゲニ見セルワケナイダロウ。モット他ノ回答ヲヨコセ」

毒ガスは決して「日常にありふれた物質」ではないと思うのだが。

あと「他の回答をよこせ」と言われても、それっぽいの見当すらつくはずないんだよな。

「ソコノ猫ハ分カッテソウダナ」

俺たちが黙っていると、ラ・ユーレはタマを指名した。

「にゃあ（精神的苦痛、だにゃ？）」

指名されたタマは、一回ヒゲをピクッとさせた後そう回答する。

え……今ので分かったの？

どうやら正解だったようで、ラ・ユーレは嬉《うれ》しそうにパチパチと拍手をした後、誇らしげに中身の解説を始めた。

「ソノ通リ！　コレハ人ノ苦痛感情ヲ物質化シ、圧縮シテ封入シタモノダ！　人ノ感情ニハ通常形ナドナイガ……オ手製ノ魔法毒ヲ溶媒ニ大勢カラ集メレバ、微量ハ形トシテ手ニ入ルノサ」

あー聞きたくない聞きたくない。

コイツ、そんなことのために大量虐殺なんかやってたのか……。

「俺ハ精製厨ト言ワレテテナ、物質ノ純度ヲ上ゲルノガ何ヨリ好キナンダ。コイツハ収率度外視デ純度ヲ上ゲルコトダケニ専念シテルシ、高圧力デ封入モシテルカラ……コウ見エテ１８００万人分ノ苦痛ハコノ中ニアルゼ」

愛おしそうにアンプルを撫《な》でながら、彼はそう続ける。

「よくもまあそんな酷《ひど》いことを楽しそうに……」

ネルさんはドン引きして表情が引き攣っていた。

ホントだよ。まずそもそも人の精神的苦痛を集めてるってのが悪趣味だし、その上で「収率度外視で純度を上げた」と自慢するなんて、いったいどこまで人命を軽視してたらできる発言なのか。

しかし、気になるのはそんなものを持ち出して何がしたいのかだな。

ここまでの人格破綻《はたん》者なら意味もなく精神的苦痛の精製をしててもおかしくはないのだが、「恐怖支配の幕開け」などと宣言しながら紹介したからには、何か目的があって作ってる気がする。

「それでいったい何をするつもりだ？」

俺はそう尋ねた。

すると彼は、またも訳の分からないことを言いだした。

「コイツハペットノ餌ニスルノサ」

は……人の精神的苦痛を、ペットの餌に？

どんな虐待だよ。

ますます混乱してため息をついていると、ラ・ユーレはまた懐を探り、袋と筆を取り出した。

袋の中の液体に筆先をつけると、ラ・ユーレは地面に何かを描き始める。

……なんか既視感のある行為だな。何をしているんだか。

「ネルさん、あれは？」

「モンスター召喚でしょうね。初配信でタマちゃんが懲らしめたくちょにんげんがやってたのと同じやつです」

ネルさんに聞いてみると、既視感の正体が判明した。

あー確かに、あの時の迷惑系配信者が蛾を呼び出す前にやってたシーンを、切り抜きか何かで一度だけ見た記憶がある。

「えっと……ただの血で描くと召喚対象がランダムに決まり、毒とか混ぜものをすると対象モンスターを指定できるんでしたっけ」

「その通りです。まあその『対象モンスターの指定』は、専門家がやっても失敗するくらい難しいんですがね。とはいえ、ラ・ユーレだと逆にミスする方が想像しにくいのですが……」

などと会話している間にも、ラ・ユーレは何個も渦巻き模様を描いていった。

「良イコトヲ教エテヤロウ。召喚剤ノ調合ハ試験管デヤルンジャナクテ、人ニ毒ヲ投与シテカラ採血スルト簡単ダゾ。生理機能デイイ感ジニ濃度ガ調節サレルカラナ」

描きながら、おそらくこの世に最も存在してはいけないライフハックを語るラ・ユーレ。

「出デヨ《イ》、ナイトメア！」

渦巻き模様を九個描き終えると、彼は両手を上げてそう口にした。

数秒後、渦巻き模様から紫の不気味な煙が出たかと思うと、フードを被《かぶ》った幽霊みたいな見た目のモンスターが9体出現した。


ナイトメアと呼ばれたそのモンスターが出現すると……俺は不思議な感覚を味わうこととなった。

「う……あっ！」

1体と目が合った瞬間、上司や役員からキツい叱責を受ける時の情景が走馬灯のように頭を駆け巡ったのだ。

その一瞬で、俺は大量に冷や汗をかいてしまった。

「大丈夫ですか哲也さん⁉」

「すみません……ちょっと嫌な記憶が蘇《よみがえ》りまして」

「ナイトメアはそういう魔物です。直接的に探索者を殺傷してくることこそないのですが、精神に干渉して即席のPTSDのような状態にさせてくるので、戦闘能力を著しく落とされるんです。物理攻撃も魔法攻撃もほぼ全部無効でずっと付き纏《まと》ってくるので、デバフ状態で他のモンスターと遭遇することになり、そっちが原因で死ぬんですよね。……気を確かに！」

ネルさんは俺の心配をしながら、ナイトメアの特徴を解説してくれた。

なるほど……それで会社での出来事が次々フラッシュバックしたと。

あの悪趣味な男が好きそうなモンスターなこった。

「フッフッフ……コイツラハ人ノ不幸ガ大好物デネエ、人ノ嫌ナ記憶ヲフラッシュバックサセテハソレヲ貪《ムサボ》ルノサ」

続いてラ・ユーレがそう言って、ネルさんの説明を補足した。

それを聞いて……俺は完全に合点がいった。

精神的苦痛を封入したアンプルに、「ペットの餌にする」発言……コイツ、ナイトメアを餌付けして味方につける気だな？

「お前、そいつらのご馳走《ちそう》のためにやったのか⁉　何千万人もの殺人を……」

呆《あき》れた思いで聞いてみると、ラ・ユーレは得意げに人差し指を振りながらこう答えた。

「半分正解デ、半分外レダ。コレハタダノ餌デハナイ」

彼はアンプルを高く掲げ……それから地面に思いっきり投げつける。

「サア食エ！　ソシテ、究極進化スルノダ！」

アンプルが割れると、中から猛烈な勢いで気化した精神的苦痛の煙が噴出し——ナイトメアたちはそこに集まって、無我夢中で貪り食い始めた。

きゅ……究極進化？

まさかコイツ……真の目的はナイトメアをより強いモンスターに変えることだっていうのか。

とんでもない勢いで噴出する煙だったが、大好物というだけあってか、ナイトメアたちは全部苦しむこともなく平らげてしまった。

直後……ナイトメアたちの身体《からだ》が眩《まばゆ》く光る。

それが終わる頃には——フードを被ったモンスターは一回り大きくなり、手には身体より長い漆黒の大鎌が握られていた。

「サア、コイツラガ何カ分カルカナ？」

聞かれても、正直俺にはさっぱり分からない。

しかし……ネルさんは正体を知ってるようで、口が半開きのまま全身をブルブルと震わせていた。

「は……ははははハーデスJr.《ジュニア》！」

震える声で、ネルさんはモンスター名を口にする。

て……そいつは何だ。

「ハーデスJr.って？」

「鎌をたった一振りするだけで百キロ圏内の全生物を死滅させる殺傷力と、あらゆる攻撃を無効化する防御力を併せ持つ死神です！　ダンジョンで出てくれば間違いなく危険度Sのボスクラス。よりにもよって進化系があんなのなんて……！」

聞いてみたら……どうやら想像以上にヤバいモンスターだったようだ。

なんだその理不尽の化身みたいな性能は。

「御名答ダ！　ソシテ一番大事ナノハ……コイツラハ今ノ餌付ケニヨリ、俺ヲ親ダト思ッテイルトイウコト！　コノ意味ガ分カルカナ？」

ネルさんの解説を聞いて、ラ・ユーレは嬉しそうにそんなことを言いだす。

まさか……今のプロセスを踏んだことで、ここのハーデスJr.が全員ラ・ユーレの忠実な下僕になったというのか？

何でも思い通りに召喚できるなら初めから目的のを出せばいいのにと思ったら……とんでもない意図を隠してやがった。

「マズハコイツラカラ見セシメニ鎌ノ餌食ニシテヤロウ！　オイ画面ノ向コウノ貴様ラ……ショーノ準備ハイイカ？」

ラ・ユーレはカメラに向かって指を差し、俺たちではなく視聴者に話しかける。

：あかんあかんあかん
：最悪な奴《やつ》に最悪な味方ができてもうた……（
：こんなん人類終わりやん
：頼むタマちゃん！　タマちゃんだけが最後の希望なんだ！
：絶対死なないでえええ！！！！

コメント欄はかつてないほど緊迫していた。

とはいえ……あらゆる攻撃を無効化されるなら、いったいどう戦えばいいんだ？

「ねえタマ……どうしたらいい？」

タマの攻撃なら、例外的に効いてくれるのだろうか。

もうそれ以外勝ち筋ないよな。そうであってくれ。

半分願望混じりで聞いてみると……タマはこう答えた。

「にゃ（答えは敵が教えてくれているようなもんにゃ）」

え……どういうこと？

「にゃあ（進化元がナイトメアなら、ナイトメアと同じ方法で倒せるにゃ。そこが唯一の弱点にゃ）」

疑問に思っていると、タマは追加でそう言った。

「ナイトメアと同じ方法……それって、守護霊で倒せるってこと？」

タマの発言に対し、ネルさんは更にそう問いかける。

肝心のナイトメアの倒し方は何だよと思ったら、守護霊ってので倒せるのか。

「にゃあ（そうにゃ。ただ勿論《もちろん》、ナイトメアを退治する程度の威力じゃ足りないから、もっと強い守護霊が必要にゃ）」

ネルさんの予想は正解なようで、タマは補足込みでそう返答した。

じゃ早速、敵の攻撃を受ける前に守護霊を呼び出す必要があるが……それっていったいどうするんだ？

やり方なんて分からないが、タマは守護霊を出せるのだろうか。

水原さんのファイアボールの件を思えば、誰かがやってるのを見れば真似《まね》できるんだろうけど、肝心の「誰かがやってるのを見たこと」がないとどうしようもないんだが。

と思っていると、ネルさんがこんなことを言いだした。

「タマちゃん、企業案件で見たけど、人の技コピーできるんだよね。こんなんでいいなら参考にして！」

ネルさんはスマホの画面をタマに見せ、アルバム内の動画を再生した。

その動画では、「三十年後ネルさんこうなってそう」って感じの風貌《ふうぼう》のおばさんが杖《つえ》から白い靄《もや》のようなものを出していた。

「占い師をやってる叔母に、アイドルとして成功できそうか占ってもらうついでに見せてもらったの。ちょっと成功に近い失敗作はあんな感じよ。コツは、幸せな記憶を思い浮かべて形にしようとすることなんだって。これを元に、成功版出せる？」

どうやら未完成な手本を参考に技を完成させろということのようだ。

可能性は……なくはないな。

タマのファイアボールだって水原さんの上位互換だったし、本家以上のものを出力するという意味では、未完成なものを参考に完成された技を繰り出すのも無理ではない気がする。

「にゃ（ありがとうにゃ。やってみるにゃ）」

やはり、タマにとっては十分なようだ。

「にゃ（テツヤも手伝ってほしいにゃ。２人分の幸せな記憶を合わせれば、より強い守護霊を出せるはずにゃ）」

「……分かった」

タマが触ってほしそうに頭を下げたので、俺はタマの頭の上に手を置いた。

すると……不思議な感覚を覚えた。

まるでタマと自分の神経が繋《つな》がって一体化したような感覚が、全身に広がったのだ。

この状態で、幸せな記憶を思い浮かべればいいのか。

俺は生まれてから今までの幸せだった瞬間を全部思い浮かべるために、必死で記憶を探った。

幼少期は、初めて幼稚園に通った日、家を離れて不安だったけど、帰ったらタマが飛び跳ねて出迎えてくれてホッとしたんだっけ。

高校受験の時は、勉強に疲れて頭が煮詰まった時に、「休憩しようよ」と言わんばかりに机にジャンプして乗ってきてくれたのを覚えている。

転職してすぐの頃は、目まぐるしい業務量に圧倒されて毎日帰るたびにグッタリしてたけど……タマが背中を踏み踏みしてマッサージしてくれたんだ。

そしてタマがでっかくなってからは、生きる希望が出て人生そのものの充実度がびっくりするくらい大きく上がった。

ああ、俺の幸せはつくづくいつもタマと共にあったな。

「にゃ（タマも、テツヤが飼い主で心底幸せにゃ）」

……嬉《うれ》しいこと言ってくれるじゃないか。

と、思い出に浸っていると……またも全身に不思議な感覚が走った。

こう言語化するのが正確なのかは分からないが……幸せが結晶となって、実体化するような感覚。

それと共に――タマの頭からは、全身白色半透明に光るでかくなる前のサイズのタマみたいな生

き物が計9体飛び出した。

あれが守護霊か。完成形は生き物の形をしているんだな。

しかも9体も……「猫に九生あり」とはよく言ったもんだが、まさかこうして可視化される機会ができようとはな。

なんて考えていると——戦況が一気に変わった。

守護霊たちは、1匹につき1体のハーデスJr.めがけて突き進んだのだが……守護霊とハーデスJr.が衝突した瞬間、ハーデスJr.だけが一方的かつ瞬時に蒸発して消えたのだ。

「……ハ⁉」

あまりの急展開に、今度はラ・ユーレの方が混乱した様子。

「にゃ(せっかくだし、このままマフィアの拠点も潰《つぶ》すにゃ。妨害機能は壊れてても通信機能は辛《かろ》うじて生きてるし)」

「え、拠点を……? 何言って……」

俺の理解が追い付かない間にも、守護霊たちはラ・ユーレが壊した妨害電波装置に吸い込まれていき……しばらくして戻ってきた。

何が起きたのかさっぱり分からないが、守護霊のタマたちはどこかすっきりした顔をしている。

さて……最大の脅威は消えたので、あとはラ・ユーレ本人をどうするかだな。

「バ、バカナ! ハーデスJr.ガ守護霊ゴトキデ死ヌハズガナイ!」

本来は本人もそこそこ強敵のはずだが……今のラ・ユーレは想定外の展開で動揺して隙だらけだし、絶好のチャンスと言えるだろう。

「にゃ（ちょっと一回離れてほしいにゃ。ちょっとうるさくするから耳を塞《ふさ》いどくにゃ）」

タマは既にどう攻撃するか考えがあるようで、そんな指示を出してきた。

耳を塞げとは……いったい何をする気なのか。

分からないながらも、とりあえず俺は指示に従った。

続いてネルさんも、同じく両手で耳を押さえる。

すると――。

「フシャァアアアァァァァッ‼」

タマは全身の毛を猛烈に逆立て、これでもかというくらいの圧倒的な声量で叫び声を上げた。

その叫びを真正面から受けたラ・ユーレは、魂が抜けたようにドサッと倒れ込んだ。

う～～～ん、まさかの声で威嚇かー。

恐怖で気絶させるとはなんて滅茶苦茶《めちゃくちゃ》な……。

想定外の原始的なやり方に、俺はしばらく開いた口が塞がらなかった。

「にゃ（これで警察に突き出せるにゃ）」

どうやらタマは、生け捕りにすることを想定してこのやり方を選んだようだ。

確かに、生きたまま無力化するには、言われてみればこれが一番に思える。

じゃあ、せっかくここまでやったんだし、あとはどうにかしてこいつを運ばないとな。

担いで行くのは重そうだし……タマの念力で移動させるのが妥当か？

と思いかけた俺だったが、ふと俺は一つ別の案を思いついた。

「ネルさん……魔法収納であの男を一旦《いったん》しまうことって可能ですか？」

家でネルさんがカメラをプレゼントしてくれた時のことを思い出し、俺はそう尋ねてみた。

だが……ネルさんは少々残念そうな表情でこう答えた。

「それは不可能です。魔法収納は、生きている生物を入れることができないんです」

う〜ん、そういう制約がある魔法なのか。

ラ・ユーレは気絶こそさせているものの、まだ生きてはいるからそこに引っかかっちゃうのか……。

とはいえ収納するために殺すわけにもいかないし、そうなると消去法で念力による移動しかないな。

ちょっと白昼堂々気を失っている人間を連れ回すのは画的《え》にアレだけど。

というわけで、俺はそう指示を出そうとしかけた。

「タマ、男を念力で——」

しかし、その言葉はタマに遮られた。

「にゃ〜（ならタマが魔法収納するにゃ）」

どうやらタマは見たスキルを模倣する能力で、ネルさんの魔法収納も習得済みだったようだ。

って……おい。

話聞いてたか？

魔法収納には生きてる生物を入れられないんだって。

「いや、それはできな――」

俺はそうツッコもうとした。

が……その瞬間、目の前で起きた現象を見るや、俺は続きの言葉を発せなくなってしまった。

タマは魔法収納でラ・ユーレを収納してしまったのだ。

え……なんでなんでなんで？

ちょっと何が起こってるか意味が分からないんだが。

「にゃ、にゃ～ん（ちょっとしたアレンジにゃ。因果律操作したら魔法収納に生物が入るようになったにゃ）」

……そうか、そうだった。タマには因果律操作があったな。

あまりの非常事態にそのことがすっかり頭から抜けていた。


とにかく……これで持ち運び問題も解決したんだし、あとは警察への引き渡しに行かないとな。

撮れ高は十分とかいう次元をゆうに超してるし、みんなも未曾有《みぞう》の危機を目前にして疲れちゃったろうから、配信はこのあたりで終えて全く問題ないだろう。

「というわけで、これが本日のダンジョン攻略でした。ネルさん、今日はありがとうございました。皆さんもまた次の配信でお会いしましょう」

「ばいば～い！」

：おつ～！
：色々ヤバすぎた笑笑
：自然種のハーデスJr.が出た時は流石《さすが》に世界終わったと思った
：ハーデスJr.に効く守護霊って何ｗｗ
：まさかの戦犯ラ・ユーレがこんなところで捕まるとは思わなんだ笑
：タマちゃん、色んな意味で世界を救いスギィ！

締めの挨拶《あいさつ》を終え、コメントを一通り見届けると、俺は配信停止のボタンを押した。

「タマ……ありがとう！　これでもう、世界中のみんなの恩人だな！」

「ほんとですよ！　私が動画で見せた不完全すぎる守護霊が手本だったのに、9体もの完成された守護霊が出てきたのには感動しました！　またも助けてくれてありがとうございます……！」

ネルさんはタマと打ち解けてからはタメ口になって久しかったのに、今回ばかりはなぜか敬語に戻ってお礼を言っていた。

「にゃ（ハーデスJr.が自然種扱いだから、ドロップ品のカプセルがないのが残念にゃ）」

「「……そこ!?」」

タマの斜め上の感想に、俺とネルさんは思わず声をハモらせてしまう。

そんなこんなしつつ、俺たちはダンジョンを上がり、その足で最寄りの警察署に直行した。

◇◇◇

【育ちすぎたタマ】ネッコがデカすぎるスレ　4匹目【配信】

139：名無しのリスナー
案件に続き今日も配信ｷﾀ━━━━｡ﾟ+.ヽ(´∀`*)ﾉ ﾟ+.ﾟ━━━━!

140：名無しのリスナー
今回は哲也氏側でネルちゃんとコラボ配信か

141：名無しのリスナー
クソが
ふざけんな

142：名無しのリスナー
>>141　どしたん？　話聞こか？

143：名無しのリスナー
>>142 「男がネルちゃんとコラボするな」ってコメント打とうとしたらエラーが出やがった
なんや「このコメントは投稿できないにゃ」って

144：名無しのリスナー
>>143 盛大に草

145：名無しのリスナー
>>143 できないにゃｗｗ
タマちゃんモデレーターもやっててウケるｗｗ

146：名無しのリスナー
タ　マ　ち　ゃ　ん　検　閲

147：名無しのリスナー
>>145 モデレーターなんて次元じゃねえぞ
生配信のコメントの事前検閲とかゲラゲラ動画のシステムにないのにどうやってその制限かけとる

んや

148：名無しのリスナー
＞＞147　確かに……
もしかしてタマちゃん、サイバー空間全体を支配してる？

149：名無しのリスナー
＞＞148　マジでありそうだから困る
少なくとも、ゲラゲラ動画のサーバーは間違いなくタマちゃんの手中に収まっとるな

150：名無しのリスナー
まだ討伐始まってもないのに今日イチのヤバい事実発覚してて草

151：名無しのリスナー
つーかアンチはここに書き込まずにアンチスレ立ててやってくれねえかな
目障りだ

152：名無しのリスナー

>>151　いや、このチャンネルの場合アンチスレが存在すらしちゃアカンやろ……
哲也氏への誹謗《ひぼう》中傷とかでタマちゃんが人類に失望したら地球が破壊されかねん

153：名無しのリスナー
>>152　これが冗談でも誇張でもない可能性があるという事実

154：名無しのリスナー
おっ始まった

155：名無しのリスナー
なんかヤバい企画始まってて草

156：名無しのリスナー
わんこボスか……
みんなタマちゃん何体行くと思う？

157：名無しのリスナー
現最高記録が255よな？

じゃあ2550くらいじゃね

158：名無しのリスナー
＞＞157　ナチュラルな十倍予想草
まあでもマジでそれくらいは行く気がする

159：名無しのリスナー
おっ例のにゃ～る食って挑戦だw
ちゃんとスポンサーの商品アピールしてて偉いw

160：名無しのリスナー
何も戦い見えねえwww

161：名無しのリスナー
何がどうなってんだ

162：名無しのリスナー
フ　ル　コ　ン　ボ

163：名無しのリスナー
理論値って何やねんｗｗ
結局何回なんだよｗｗ

164：名無しのリスナー
確かなんかの調査報告書で一分あたり最大6万5535体リスポーンするって言われてた気が

165：名無しのリスナー
＞＞164　ファーｗｗｗｗ
エグすぎる

166：名無しのリスナー
歴代最高記録の二倍どころか二乗で大草原不可避ですよ

167：名無しのリスナー
早く正式な記録が見たいｗ

168：名無しのリスナー
止まった……

169：名無しのリスナー
何があったんや

170：名無しのリスナー
あっ戻った

171：名無しのリスナー
妨害電波やったんや

172：名無しのリスナー
愉快犯か、ダンジョン配信アンチ的な奴《やつ》の仕業かな？
何にせよ犯人フルボッコ確定で草

173：名無しのリスナー
……ファ⁉

いやいや……ラ・ユーレは流石に聞いてねえよ……

174：名無しのリスナー
ヤバい奴なん？

175：名無しのリスナー
＞＞174　ヤバいとかそんなもんじゃねえぞ
1人で毒ガス撒《ま》いて文○大革命くらい殺しとる

176：名無しのリスナー
ヒエッ

177：名無しのリスナー
なんでそんなのに狙われんといかんのや……
俺らが見たい撮れ高はそういうんちゃうぞ（、・ω・`）

178：名無しのリスナー
安心しろ

毒ガス野郎なんかタマちゃんの敵じゃないことに変わりはない

179：名無しのリスナー
御託が長い敵だな

180：名無しのリスナー
って……は⁉
ハーデスJr.とか頭おかしいやろ

181：名無しのリスナー
どんな敵なん？

182：名無しのリスナー
＞＞181　強すぎて未《いま》だかつて誰も倒せたことがないモンスターや
Sランク探索者もダンジョンで見かけたら引き返すって言うし、歴史上一回だけ自然種が現れたことがあるけどソイツは数万人の犠牲を出しながら空海の子孫が辛《かろ》うじて封印したはず

183：名無しのリスナー

封印が解けたら倒せる保証がないから封印柱を探査機に乗っけて宇宙に放りだしたんやっけ

184：名無しのリスナー
そんなんがあの戦犯の手下になるとか最悪やん

185：名無しのリスナー
いやまだ希望はある
タマちゃんが全然動じてない

186：名無しのリスナー
そうだ、俺たちのタマちゃんを信じろ！

187：名無しのリスナー
哲也氏、タマちゃんの頭に手を置いたな
何やってるんだろ？

188：名無しのリスナー
守護霊！？！？！？！？

189：名無しのリスナー
えっなんで守護霊を複数出せるん？
あれって熟練度上がっても強さが変わるだけで、複数体出すのはSランクだろうができないんちゃうん？

190：名無しのリスナー
>>189　おそらく猫だからじゃないかな
魂の数だけ守護霊も出せるんやろ

191：名無しのリスナー
なるほどそういうことか
……で納得しちゃう俺もだいぶタマちゃんに毒されてるよなあ

192：名無しのリスナー
なるほどなあ
ハーデスJr.、ああやって倒すんか

193：名無しのリスナー
＞＞192　君が仮にSランク探索者やったとしても、間違っても試そうとか思っちゃいかんよ
「ナイトメアが倒せるなら進化系も一緒やろ」なんて暴論が通じるのはタマちゃんだけや

194：名無しのリスナー
最後は威嚇かｗｗ

195：名無しのリスナー
ラ・ユーレほどの凶悪犯でも、タマちゃんの前だとあっけなかったな

196：名無しのリスナー
良かった！
俺、明日からも生きれるんや……！

197：名無しのリスナー
ほんまに途中は死ぬかと思った

198：名無しのリスナー

タマちゃんおらんかったら人類ってここで終わってたのかな
199：名無しのリスナー
＞＞198　マジそれな
人類の未来を繋《つな》いだタマちゃんに感謝！

エピローグ　脱社畜！　～ついに専業化して、毎日タマと幸せに～

翌々日、俺は迷宮協会から「先日の犯罪者確保の件でお話があります」との連絡を受け、ネルさんと待ち合わせして協会のさいたま市支部に足を運んでいた。

……なぜ社畜がど平日の昼間から迷宮協会に来られるのかって？

その理由は、俺の勤め先の蛮行にある。

結論から言うと、俺は一昨日の配信を理由に出勤停止を言い渡されてしまった。

一昨日の配信がまたバズったことで、俺が「育ちすぎたタマ」チャンネルの運営者だとばれ……役員どもに呼び出され、就業規則違反をこじつけられたのだ。

根拠は、副業禁止の規定を破ったからとのこと。

こう聞くと俺が悪いようだが、実際の就業規則には「会社の許可なしに他社と労使契約を結んではならない」という書き方がされているので、自由業であるダンジョン探索者や配信者は該当しないはずなのだ。

しかし、そこを理由に反論すると「口答えするな」の一点張りで全然譲歩してくれなかった。

いつも有休取得に利用している役員は生憎《あいにく》昨日に限って不在だったので、完全な四面楚歌《しめんそか》だったのもキツかったところだ。

半ば喧嘩《けんか》になりかけた末、役員どもからは「分かった。とりあえず明日からしばらく会社に来なくていい」とのお言葉を頂いた。

それを機に、俺はトイレに行くふりしてスマホの録音アプリを立ち上げ、もう一度役員に同じ台詞を言わせた。

これで証拠も確保したし、役員側から自宅待機命令の解除があるまでは会社に行かずともお給料が得られるってわけだ。

ちなみになぜ犯人の身柄は警察に引き渡したのに迷宮協会に呼ばれているのかというと、ネルさん曰《いわ》く、「迷宮内の犯罪は扱いが特殊で、懸賞金の支払い等も含め協会で手続きがなされるから」らしい。

◇◇◇

ネルさんと一緒に協会の建物に入ると、俺達は即座に別室へと通された。

そこで待っていると、いかにも高そうなスーツを着た初老の男性がやってきた。

初老の男は、この協会の支部長だった。

一通り自己紹介やわんこボス討伐数の結果の話（6万5535体とかいう聞いたこともない数字だった）が終わると、話は本題のマフィアの件に移った。

「さて、あなた方が先日捕らえたラ・ユーレの件ですが……これに関して、私どもからお伝えすることは二点です」

支部長はそう言いつつ、一枚の封筒とアタッシュケースを俺たちの目の前に置いた。

ケースの蓋《ふた》を開けつつ、支部長はこう続ける。

「まず一点目は、警察からの預かり物です。こちらの封筒には警察からの感謝状が、そしてケースには懸賞金990万円がございます。どうぞお受け取りください」

「お、あ……ありがとうございます」

人生で一度も見たこともない札束の量に、俺は圧倒されてしまった。

マジか。懸賞金、そんなに出るのか……。

懸賞金って確か、原則上限は300万だったよな。

特に必要があると認める場合にはそれを超えることもあるが、それでも上限は1000万だったはずだ。

特例の上限ギリギリが渡されるとは……流石《さすが》大量虐殺者というだけのことはあるな。

「ちなみに言っておくと、今ご用意できる懸賞金はこれだけですが、これは日本の警察の分のみなので後ほど国連からも追加報酬が出ることになってます。また、実はマフィアの拠点の一つの監視カメラから、白色半透明の猫が目から光線を出して拠点を爆散させる映像を入手しておりまして。ラ・ユーレ確保の分だけでなく、あの時世界中のマフィアの拠点が全て壊滅したのも貴方《あなた》がたのおかげかと思いますので、事実確認が取れ次第その感謝状や報奨金も出るかと」

しかも続きがあるんかい。

あとサラッと流れたけど、あの時の妨害電波装置で転送された守護霊、マフィア本体も完全に潰《つぶ》してくれてたんだな。

これでダンジョンにおける最大の人的脅威が完全に潰《つい》えたなら、本当に喜ばしい話だ。

しかし、ケースを一つ渡されて「お受け取りください」と言われても、どうすればいいのか。

「この懸賞金は、誰がどういう比率で受け取れば良いのでしょうか？」

「それは……この懸賞金は立役者のお2人にと渡されたものですから、特段私どもが配分を決めるものではございません。お2人で話し合って決めていただければと」

支部長に尋ねてみると、何とも曖昧《あいまい》な回答が返ってきた。

いや、そこは丸投げしないでほしかったな……。

いくらが最適な分配かなど、どう決めればいいか見当もつかないんだが。

ま、そこはあとで考えるか。

「あ、じゃあ哲也《てつや》さん、全額どうぞ！」

と思っていた俺だったが、ネルさんは何の迷いもなくそう提案してきた。

「え、いや流石に全額は申し訳ないですよ……」

「いやいや、私が1人であの男に遭遇してたら今頃亡き者になってますし……全然妥当ですよ！」

「そういうことなら、俺だってネルさんがいなければあの男に遭遇することすらなかったですし。

俺やタマはマフィアのメインターゲットになり得ないんですから」

「うーんそういうことなら……私も90万円分くらいの働きはしてたんですかね？　残り９００万は

どうぞ！」

なぜか話は謎の譲り合いに発展することに。

いやー……俺は全然単純に495万ずつ折半とかでいいんだが……。

「(ではありがたくそうするにゃ)」

と思っていると、タマが勝手に条件を呑《の》んでしまった。

って……え、なんで⁉

タマ、今迷宮協会の屋上で待機してもらってるはずなんだが……いったいどこから返事した⁉

つーかなんかさっきの、頭の中に直接声が響いてた感じがするよな。

テレパシーはいつものことだから分かるとして……タマ、建物内の会話全部把握しているのか⁉

すんごい地獄耳なのか、はたまた建物内を透視して読唇術で会話の内容を読み取っているのか、
その他予想もつかない方法なのかは不明だが……ま ーたしれっと訳の分からん高等技術を。

「ええと……では、二点目に移らせていただいてよろしいですかな？」

おっと、そういえば支部長を待たせてたんだった。

何か重要なことを忘れている気がしなくもないが……一旦《いったん》次の報告に入ってもらうとするか。

「お願いします」

「はい、それでは。二点目ですが……木天蓼《またたび》　哲也さん、あなたは本日を以《もっ》てBランク探索者に昇格することとなりました」

支部長はそう言いつつ、真新しい探索者証のカードを取り出して俺の方に差し出した。

「本当はもっと二ランクとか、いや三ランクでも飛び級させてあげたい気持ちなのですが、なにぶん『特例昇格は一つの功績につき一ランクまで』というルールはいかなる理由でも曲げられるものではなく。これでも前代未聞の最短昇格ではございますので、その点をもってどうかご容赦くださいませ」

しかも支部長の口から続けて出てきたのは、「おめでとう」とかそういったニュアンスの言葉ではなく、まさかの謝罪だった。

「いえいえ、とんでもないです」

こっちはむしろこれで昇格できるとまで思ってもいなかったので、むしろありがたいくらいなのだが。

俺は畏《かしこ》まった気分になりつつカードを受け取った。

「まあ、木天蓼さんならすぐまた昇格級の功績を挙げられそうですし……その時を楽しみにお待ちしておりますね」

いやいや、ラ・ユーレ襲来レベルのトラブルにそう頻繁に巻き込まれても困るんだが。

いくらタマがいる限り危なくなさそうとはいえなあ……。

必要な話は全部聞いたので、俺達は迷宮協会を後にすることとなった。

「またのお越しをお待ちしております！」

笑顔の支部長に見送られる中、俺たちは別室の外に出た。

協会の建物のロビーにて……俺は今後のことについて少し思案した。

ぶっちゃけ、もうこうなったら今の会社に勤め続ける意味ってほとんどないよな。

配信も収益化申請はもう通ってるし、仮にそっちがこけてしまったとしても、Ｂランク探索者になった以上は最悪専業探索者で会社員以上に稼ぐこともできる。

しかも懸賞金まで手に入ったので、収益化までの当面の生活費に困ることはないのだ。

念のためアナリティクス画面で見れる「収益予測額」を見ると――「現時点の月間再生数に対し、来月振り込まれる収益は推定『３０１万２９００円』か。

あれ、小数点とコンマ読み間違えたかな？

いや、そんなことないな。ほんとに３００万円超えてっぞ……。

よし。であればこそ、今から会社に辞表を出しに行こう。

俺はそう決意した。

た・だ・し。いくら利害が一致するとはいえ、あのクソ役員どもの言いなりのような形になるのだけは癪《しゃく》なので、絶対に「一身上の都合で」退職はしてやらない。

意地でも会社都合退職という形に持ってってやる。

あと、できれば今までの未払い残業代も一括請求してやる。

「ネルさん……俺、今日で会社やめようと思います」

別にネルさんに宣言することでもないが、俺はそう口にした。

「これから話をつけてきます。絶対に会社都合退職になるよう、とことんゴネてきますね」

すると……ネルさんから意外な提案があった。

「あ、そういうことでしたら、ウチの事務所の弁護士貸しましょうか？　今でこそタレントへの誹《ひ》謗《ぼう》中傷対策などをメインに請け負っていただいてますが、元々は労務関係のスペシャリストでしたので、お役に立てるかと思います」

「え……いいんですか⁉」

なんて心強い提案なんだ。

これはもしかして、本当に未払い残業代の一括請求さえも夢じゃなくなってきたかもしれないぞ。

「ぜひお願いします！　ありがとうございます！」

「いえいえ！　私もこれで、ようやく少しはまともな恩返しができた気がします……！」

俺たちは一旦ネルさんの事務所に寄り、弁護士に事情を伝えた。

そして弁護士を引き連れ、俺は自分の職場に乗り込みに行った。


退職を巡ったバトルは――俺の大勝利に終わった。

こちらにも退職の意思があることは隠し、「できれば引き続き働かせてほしいが、どうしてもというなら会社都合なら呑まないこともない」というスタンスで一貫して押し通したところ、激論の末に役員が折れ。

更にその後、引き継ぎ資料の作成や会社支給の備品の整理をしていたところ、法的に間違いなく時間外労働の証拠と見なせるものが山ほど見つかったのだ。

具体的な司法手続きは当然これからだが、弁護士曰くざっと見積もっても1000万以上は取り返せるとのこと。

なんと、未払い残業代だけで懸賞金の全額を超える事態にまでなってしまった。

弁護士曰く、「いやー、こんなにも尻尾《しっぽ》丸出しのザル会社は、ブラック企業多しと言えどもとても珍しいですね」とかなりイージーゲームなご様子。

会社の財務状況もよろしくなかったらしく、残業代が支払われれば会社の倒産もあり得るとのことだった。

これほどバッチリ決まった復讐《ふくしゅう》もなかなかないだろう。

俺は今までにないほど晴れ晴れとした気分で、意気揚々と帰宅した。

◇◇◇

「やったぞぉ――――！！！」

帰宅すると……俺は感極まってしまって、無意識のうちに玄関に迎えに来てくれていたタマに抱きついてしまった。

「俺、ついに……ついに自由の身になれたよ！　ありがとう！」

ここまで人生が百八十度好転したのも、全てはタマのおかげなんだ。

俺は運命を完全に変えてくれた大きな大きなもふもふを前にして、嬉《うれ》し涙《なみだ》の号泣を止めることが

できなかった。

「にゃあ（ぶっちゃけ、もっと前からやめればいいと思ってたにゃ。でも、テツヤが心から納得するタイミングが良いと思って、過労死しないよう必要な癒やしを与えるに留《とど》めてたにゃ）」

「ああ、そうだよなあ。でもこのタイミングだからこそ……未払残業代もきっちり請求して、会社に搾取されてた分も全部取り返せるんだ」

「にゃ～ん（それは良かったにゃ。なら、本当に今が最適なタイミングだったにゃ）」

「うう～。本当に、本当にありがとうなあ……！」

しばらく、俺は気持ちが落ち着くまでタマを抱きしめ続けていた。


十数分して、ある程度冷静になってくると……今度はだんだん、これからどう人生を楽しく生きていこうかというワクワクが芽生えてきた。

もう土日しか活動できない縛りもないから、例えば一か月かけて世界中のダンジョンを攻略して回るとかもできるんだよな。

「国境なき探索者」資格を得てからずっと興味はあったものの、どうせ時間がないからと聞かずじまいになっていたが……そういえばタマって、海外まで走ったりできるんだろうか？

「タマってさ、本気で移動しようと思ったらどこまで行けるの？」

俺はそう尋ねてみた。

「にゃ（別に地球何周でもやりたい放題にゃ）」

すると、即答でそんなことを言ってきた。

やっぱり行けるのか。

しかも、地球一周ずっと走りっぱなしにしても、まだ体力はあり余るほどだと。

だとしたら……行ってみたいな、海外へ。

「じゃ、次の配信はアメリカとかにするか！」

興奮冷めやらぬ思いで、俺はそうタマに提案した。

「にゃ！（それいいにゃ！）」

タマも賛成してくれたので……次の動画からは、「育ちすぎたタマ」チャンネル海外シリーズの幕開けだな。

そうと決まれば、早速準備だ。

「よーしそんなら、旅に必要なもん買い出しに行くぞ！」

「にゃあ！（行こうにゃー！）」

魔法収納があるのでスーツケースは良いとして……服とか日用品とか、ある程度揃《そろ》えないとな。

などと考えつつ、俺はタマと一緒に携行品を揃えに買い物に出ることにしたのだった。

あとがき

WEB版からの方はこんにちは、初めましての方は初めまして。

どうも、著者の可換環《よしがえたまき》です。

この度は、本作品『育ちすぎたタマ』を出版させていただくことができ、大変光栄に思っております。

カドカワBOOKS様からは、『スライム召喚無双』『転生社畜のチート菜園』に続く三シリーズ目の出版となります。

以前からの読者の方はお久しぶりです。本作も手にとっていただき、ありがとうございます。


さて、あとがきに何を書くかは毎度毎度迷うところですが……どうしましょうかね。

タマちゃんの強さの秘訣《ひけつ》、とかそういう裏話をちょこっと提供する場ではあると思うのですが、そこに関しては読者の皆さまのご想像にお任せした方がロマンがあると思いますので、私から多くを語るのも何か違うような（笑）。

というわけで、本作を書くに至ったきっかけのお話でもしますかね。

きっかけはやはり、社会人二～三年目になって猫動画を見る比率が上がったことですかね。

学生時代は今に比べれば精神的に余裕があったので、ドッキリ系や罰ゲーム系みたいな刺激的なコンテンツも楽しめたのですが、仕事で疲れるようになってくるとどうしても「癒やし」に比重を置きたくなってくるんですよね。

心の回復を最優先したくなると言いますかね。

そこで、小説を書くにあたっても「日々頑張って疲れてる人たちに癒やしを与えられるようなストーリーを描きたい！」と思い、本作を書くに至った、という感じです。

まあ、本作のみならず元々デビュー時から「疲れた社会人に救いを」というモットーで作家を続けてきた節はありますので、そういった意味では「実際に社会人になり、社会人が求めるものの解像度が上がった」という点において自分も作家として成長したのかな、なんて思ったりします。

あと、今まで八シリーズも書いておきながらなんだかんだしっかり追究できていなかった「もふもふ」というテーマにガッツリとコミットしてみたかったというのもあります。

最後に、皆様に謝辞を述べさせていただきたいと思います。

本作品が形になるまでの全工程を支えてくださった担当のO様。

とってもかわいいタマちゃんを始め、素晴らしいカバーイラスト・挿絵を描いてくださったLINO様。

それ以外の立場からこの本に関わってくださった全ての方々、そして読者の皆様。

皆様のおかげで、無事この本を出すことができました。本当にありがとうございます。

二巻でもお会いできることを楽しみにしております！

カドカワBOOKS

育《そだ》ちすぎたタマ
～うちの飼《か》い猫《ねこ》が世界最強《せかいさいきょう》になりました!?～

2024年10月10日　初版発行

著者／可換環《よしがえたまき》
発行者／山下直久
発行／株式会社KADOKAWA
〒102-8177
東京都千代田区富士見2-13-3
電話／0570-002-301（ナビダイヤル）
編集／カドカワBOOKS編集部
印刷所／暁印刷
製本所／本間製本

Printed in Japan
ISBN 978-4-04-075654-7 C0093

新文芸宣言

かつて「知」と「美」は特権階級の所有物でした。

15世紀、グーテンベルクが発明した活版印刷技術は、特権階級から「知」と「美」を解放し、ルネサンスや宗教改革を導きました。市民革命や産業革命も、大衆に「知」と「美」が広まらなければ起こりえませんでした。人間は、本を読むことにより、自由と平等を獲得していったのです。

21世紀、インターネット技術により、第二の「知」と「美」の解放が起こりました。一部の選ばれた才能を持つ者だけが文章や絵、映像を発表できる時代は終わり、誰もがネット上で自己表現を出来る時代がやってきました。

UGC（ユーザージェネレイテッドコンテンツ）の波は、今世界を席巻しています。UGCから生まれた小説は、一般大衆からの批評を取り込みながら内容を充実させて行きます。受け手と送り手の情報の交換によって、UGCは量的な評価を獲得し、爆発的にその数を増やしているのです。

こうしたUGCから生まれた小説群を、私たちは「新文芸」と名付けました。

新文芸は、インターネットによる新しい「知」と「美」の形です。

2015年10月10日
井上伸一郎

元日本人、
米友になった神獣と
米改革はじめます！

グルメに観光、
最強凸凹コンビが
自由気ままに異世界を
満喫します！
作画：静波 セイハ
連載：ヤングエースUP
コミカライズ決定！

冴えないおじさん、
拾ったスライムに
癒やされついでに、
大冒険！

シリーズ好評発売中!
手作りパンにつられた
精霊と契約したら、
聖女になったんですが!?

断罪された悪役令嬢ですが、パンを焼いたら聖女にジョブチェンジしました!?

danzai sareta akuyakureijou desuga,
pan wo yaitara seijo ni
job change shimashita!?

著 烏丸紫明　　㊞ 眠介

社畜OLからゲームの悪役令嬢に転生してしまったアヴァリティア。シナリオ通り断罪イベントをこなして、表舞台から華麗に退場することに成功した。「これで好きなことが出来る!」と前世の趣味・パン作りを始めるが、何故か騎士を拾ったり精霊が現れたりとトラブルが発生!

彼らは、パンの不味い世界でアヴァリティアが作るふわふわのロールパンやチーズたっぷりのクロックマダム、あんバターサンドなど美味しいパンにメロメロになってしまい!?

カドカワBOOKS

水魔法ぐらいしか取り柄がないけど現代知識があれば充分だよね？

著 mono-zo　画 桶乃かもく

　スラムの路上で生きる5歳の孤児フリムはある日、日本人だった前世を思い出した。今いる世界は暴力と理不尽だらけで、味方もゼロ。あるのは「水が出せる魔法」と「現代知識」だけ。せめて屋根のあるお家ぐらいは欲しかったなぁ……。

　しかし、この世界にはないアイデアで職場環境を改善したり、高圧水流や除菌・消臭効果のあるオゾンを出して貴族のお屋敷をピカピカに磨いたり、さらには不可能なはずの爆発魔法まで使えて、フリムは次第に注目される存在に――!?

カドカワBOOKS

最底辺スタートな
転生幼女、
万能の「水魔法」で
成り上がる!?

前世リーマンの
フリーダム問題児、
エリート校に
殴り込み!?
電撃コミック
レグルスほかにて
コミカライズ
好評連載中!
漫画:田辺狭介

元社畜、異世界の端っこで
のんびりモノづくり生活、
はじめます。
WEBデンプレコミックほかにて
コミカライズ
連載中!!!
漫画：日森よしの
たままる ill キンタ
カドカワBOOKS
異世界に転生したエイゾウ。モノづくりがしたい、と願って神に貰ったのは、国政を左右するレベルの業物を生み出すチートで……!? そんなの危なっかしいし、そこそこの力で鍛冶屋として生計を立てるとするか……。

鍛冶屋ではじめる異世界スローライフ
シリーズ好評発売中!!
第4回カクヨムWeb小説コンテスト
異世界ファンタジー部門〈大賞〉